I0573196

UN REFUGE POUR JAYME

DELTA FORCE DEUX, TOME 4

SUSAN STOKER

DU MÊME AUTEUR

<u>Autres livres de Susan Stoker</u>

Delta Force Deux

Un refuge pour Gillian

Un refuge pour Kinley

Un refuge pour Aspen

Un refuge pour Jayme

Un refuge pour Riley (15 Sept)

Un refuge pour Devyn

Un refuge pour Ember

Un refuge pour Sierra

Sauvetage à Eagle Point

Un sauveteur pour Lilly

Un sauveteur pour Elsie

Un sauveteur pour Bristol (15 Nov)

Un sauveteur pour Caryn

Un sauveteur pour Finley

Un sauveteur pour Heather

Un sauveteur pour Khloe

<u>*Le Refuge*</u>

Un soutien pour Alaska (9 Août)

Un soutien pour Henley (3 Jan 2023)

Un soutien pour Reese

Un soutien pour Cora

Un soutien pour Lara

Un soutien pour Maisy

Un soutien pour Ryleigh

<u>*Hawaï : Soldats d'élite*</u>

Un paradis pour Élodie

Un paradis pour Lexie

Un paradis pour Kenna

Un paradis pour Monica

Un paradis pour Carly (11 Oct)

Un paradis pour Ashlyn

Un paradis pour Jodelle

<u>**Mercenaires Rebelles**</u>

Un Défenseur pour Allye

Un Défenseur pour Chloé

Un Défenseur pour Morgan

Un Défenseur pour Harlow

Un Défenseur pour Everly

Un Défenseur pour Zara

Un Défenseur pour Raven

<u>Ace Sécurité</u>

Au Secours de Grace

Au Secours d'Alexis

Au Secours de Bailey

Au Secours de Felicity

Au Secours de Sarah

<u>Forces Très Spéciales Series</u>

Un Protecteur Pour Caroline

Un Protecteur Pour Alabama

Un Protecteur Pour Fiona

Un Mari Pour Caroline

Un Protecteur Pour Summer

Un Protecteur Pour Cheyenne

Un Protecteur Pour Jessyka

Un Protecteur Pour Julie

Un Protecteur Pour Melody

Un Protecteur pour l'avenir

Un Protecteur Pour Les Enfants de Alabama

Un Protecteur Pour Kiera

Un Protecteur Pour Dakota

Forces Très Spéciales : L'Héritage

Un Sanctuaire pour Caite

Un Sanctuaire pour Brenae

Un Sanctuaire pour Sidney

Un Sanctuaire pour Piper

Un Sanctuaire pour Zoey

Un Sanctuaire pour Avery

Un Sanctuaire pour Kalee

Un Sanctuaire pour Jane

Delta Force Heroes Series

Un héros pour Rayne

Un héros pour Emily

Un héros pour Harley

Un mari pour Emily

Un héros pour Kassie

Un héros pour Bryn

Un héros pour Casey

Un héros pour Wendy

Un héros pour Mary

Un héros pour Macie

Un héros pour Sadie

Un héros pour Annie

<u>Autre</u>

Un moment suspendu : Recueil de nouvelles

<u>AUDIO</u>

Un paradis pour Élodie

CHAPITRE UN

— Tu es bizarre aujourd'hui, Mamichou. Que se passe-t-il ? demanda Jayme Caldwell en dévisageant sa grand-mère d'un œil soupçonneux.

Winnie Morrison était l'une des personnes que Jayme aimait le plus au monde. Du haut de ses 91 ans, elle se comportait comme si elle en avait trente de moins. Si elle était une vraie fouine, personne ne lui reprochait de se mêler de leurs affaires, car c'était plein de gentillesse. Elle se liait d'amitié avec tout un chacun et il n'était pas rare qu'elle invite des inconnus chez elle pour prendre le thé.

Jayme avait déménagé à Killeen, au Texas, pour vivre avec sa grand-mère, le temps de décider de son avenir. Elle avait cru qu'elle avait trouvé – ou qu'elle avait construit – une vie parfaite à Seattle, mais c'était tombé à l'eau... C'était également la raison pour laquelle elle avait du mal à se représenter ce qu'elle allait bien pouvoir faire.

— Rien de spécial, répondit Winnie sans vraiment soutenir le regard de sa petite-fille.

Poussant un soupir, Jayme décida de ne pas insister. Elle découvrirait bien assez tôt pourquoi sa grand-mère se comportait aussi étrangement. Celle-ci continuait de contempler son téléphone en souriant. Voilà un an et demi que Jayme lui avait acheté cet iPhone afin qu'elle garde plus facilement le contact avec sa famille... et elle était pire qu'une adolescente ! Elle vérifiait constamment ses textos et envoyait des mèmes déjantés à toutes ses copines.

— Le dîner sera toujours prêt pour 18 heures ? demanda Winnie.

— Oui. Pourquoi ? Tu as un rendez-vous torride dont j'ignore l'existence ? la taquina Jayme.

Elle avait proposé de faire à dîner pour sa Mami-chou. Elle aimait cuisiner, mais cela faisait un bail qu'elle n'avait pas eu l'occasion de mettre les petits plats dans les grands. Ce soir, elle s'était lâchée ! Elle avait préparé une salade César avec sa vinaigrette maison, une sauce aux artichauts et aux épinards avec des crackers, des coquilles farcies au poulet et au parmesan, puis pour le dessert, son gâteau au chocolat. Évidemment, elle n'avait pu résister à l'envie de confectionner un pain aux bananes ainsi que les biscuits favoris de Mamichou... des cookies au beurre de cacahouète à l'ancienne.

Pâtisser remettait de l'ordre dans la vie de Jayme... même lorsque celle-ci volait en éclats autour d'elle. Lorsqu'elle travaillait en cuisine, son stress s'évaporait... et elle était parvenue à oublier pendant un moment pourquoi elle avait déménagé au Texas pour vivre avec sa grand-mère.

— Ça sent délicieusement bon, ma chérie, déclara Winnie en se positionnant à côté de Jayme pour passer un bras autour d'elle.

Même si cette dernière n'était pas grande, son mètre soixante-deux lui donnait des airs de géante par rapport à sa Mamichou. Si Winnie ne mesurait qu'un mètre cinquante-trois, son extraversion la faisait paraître beaucoup plus imposante.

— Merci, dit Jayme en rougissant de fierté.

Une de ses choses favorites était de nourrir les gens. Cela satisfaisait quelque chose au plus profond d'elle.

— Pourquoi ne pas monter te changer ? suggéra Winnie.

— Me changer ? demanda Jayme, confuse, en baissant les yeux vers sa tenue.

Elle arborait un jean et un T-shirt. Le tablier qu'elle avait noué sur ses vêtements était couvert de farine et d'autres taches de nourriture. En tant que cuisinière, elle aurait pu être plus soignée, mais personne ne s'était jamais plaint après avoir goûté ce qu'elle avait préparé.

— Oui. Tu pourrais renfiler la robe d'été que tu portais quand tu es arrivée. Elle est mignonne et te va très bien.

Jayme plissa le front.

— Mais nous sommes toutes seules ; pourquoi m'habiller ?

Sa Mamichou haussa les épaules.

— Je ne sais pas, pourquoi pas ? J'ai mis une de mes robes préférées.

Jayme hocha la tête. Elle n'avait pas voulu demander à sa grand-mère pourquoi elle s'était faite belle. La vieille dame était souvent excentrique, et Jayme se dit que cela ne ferait pas de mal de se changer. Au fil des ans, elle avait appris qu'il était plus facile de composer avec sa Mamichou que de se disputer avec elle.

Après s'être essuyé les mains, elle posa la serviette sur le comptoir et se dirigea vers les escaliers qui menaient à sa chambre. La maison de Winnie était petite, mais cela lui convenait parfaitement. Une femme de ménage passait une fois par semaine pour l'aider à tenir les lieux propres et bien rangés, et elle avait dit à plusieurs reprises qu'elle n'avait pas besoin d'une immense demeure. Puis elle avait adressé un clin d'œil à Jayme en lui confiant que si elle déménageait, elle ne pourrait plus reluquer le soldat torride qui lui tondait régulièrement la pelouse.

Jayme secoua la tête en retirant sa chemise et son jean. Sa grand-mère était hilarante et elle redoutait le moment où elle ne serait plus dans sa vie. Personne ne la comprenait comme sa Mamichou. Pas même ses parents.

Jayme avait déjà tenté d'expliquer à sa mère ce qu'elle ressentait à propos de ce qui s'était passé à Seattle, mais celle-ci n'avait pas intégré pourquoi c'était tellement important.

Après avoir enfilé sa robe d'été rouge à pois blancs, elle s'assit au bord de son lit et poussa un soupir.

C'était déprimant de songer à cette boulangerie qu'elle avait rêvé de posséder. Elle s'était éreintée à La Maison en pain d'épices pendant une bonne décennie. Elle avait été certaine que lorsque la propriétaire aurait pris sa retraite, elle la lui aurait vendue. Claire était une gentille vieille dame qui aimait cuisiner autant qu'elle.

Cependant, trois mois auparavant, elle avait pris Jayme à part pour l'informer que son neveu allait reprendre l'affaire.

Secouant la tête et essayant de ne plus penser au trimestre horrible qu'elle venait de traverser, Jayme se redressa et se rendit dans la salle de bains plus loin dans le couloir. Son reflet lui tira une grimace involontaire. Elle avait l'air fatiguée. Ses joues étaient pâles et les cernes sombres sous ses yeux indiquaient clairement qu'elle ne dormait pas bien. Ses boucles marron clair étaient en désordre. Elle les avait rassemblées en un chignon lâche pour se les écarter du visage pendant qu'elle cuisinait.

Elle retira son chouchou et se brossa rapidement les cheveux. Ils étaient épais et, la plupart du temps, ingérables. Les pointes se recourbaient autour de ses seins, qu'elle trouvait trop volumineux pour sa silhouette. La robe d'été embrassait également ses courbes, la mettant un peu mal à l'aise. Cela dit, comme ce soir, il n'y aurait qu'elle et sa grand-mère, elle ne prit pas le cardicool sous lequel elle se dissimulait habituellement.

Redressant l'échine, Jayme inspira profondément. Elle n'était pas vraiment prête à faire un défilé, mais elle admit à contrecœur que la robe était flatteuse. Elle travaillait sur sa confiance en elle, dans tous les aspects de sa vie. Perdre la chance de posséder sa propre boutique avait porté un coup à son estime personnelle. Elle était une boulangère et cuisinière douée, et se réjouissait de passer le plus de temps possible avec sa Mamichou.

Sautant l'étape maquillage – elle refusait d'en faire plus –, Jayme se tourna pour retourner à l'escalier. Elle avait besoin de jeter un œil aux coquilles farcies et de touiller la vinaigrette. L'odeur des cookies fraîchement cuits imprégnait l'atmosphère. Elle ne put se retenir de sourire sur le chemin de la cuisine.

Pilant net à l'extrémité de la petite pièce, elle cligna alors des paupières, confuse.

Sa Mamichou était en compagnie d'un homme que Jayme n'avait encore jamais vu.

— Oh, la voilà ! dit Mamichou d'un ton guilleret. Viens, mon amour, que je te présente à Rocket.

Rocket ? Jayme était un peu perdue, mais elle s'avança poliment.

— Voici Rocket Long. Je l'ai rencontré à la supérette et il a eu la gentillesse de m'aider à porter toutes mes courses jusqu'à la voiture. Il travaille à la base de l'Armée en tant que réparateur d'hélicoptères. Il passe prendre de mes nouvelles de temps en temps.

Levant les yeux vers cet homme imposant debout à côté de sa grand-mère, Jayme dut se forcer à ne pas s'enfuir à toutes jambes.

Il était absolument magnifique.

Il faisait au moins trente centimètres de plus qu'elle, avait des cheveux noirs qui grisonnaient aux tempes et une barbe de cinq heures très sexy. Ses lèvres pulpeuses affichaient présentement un petit sourire. Il avait la mâchoire carrée, des iris bruns de la couleur du chocolat semi-sucré... et il sentait délicieusement bon. Les agrumes ! Ce devait être son shampooing ou son savon. Quoi qu'il en soit, cela lui donnait envie d'enfoncer le nez au creux de son cou.

— Euh... Bonjour, dit Jayme, un peu intimidée par cet Adonis.

— Et voici ma petite-fille, Jayme Caldwell. Elle vient récemment de déménager de Seattle. C'est une boulangère incroyable. Attendez de goûter à ses pâtisseries ! Elles sont délicieuses.

— Ravi de vous rencontrer, déclara Rocket en lui adressant un signe de tête.

Se sentant extrêmement mal à l'aise, Jayme lui fit un petit sourire. Au travail, elle gérait très bien les gens, n'hésitant pas à leur suggérer des douceurs à essayer ou à donner des explications sur les ingrédients des produits qu'elle préparait. En société, cependant, elle avait toujours été maladroite, sans jamais savoir quoi dire ou faire quand elle rencontrait quelqu'un.

La sonnerie que Mamichou avait téléchargée pour ses textos se fit entendre. Regardant son téléphone, elle fronça les sourcils.

— Oh, non, dit-elle.

— Quoi, qu'est-ce qui ne va pas ? s'enquit Jayme, inquiète.

— Rien. J'avais simplement oublié que j'avais dit que j'accompagnerais Maude au bingo ce soir. Elle passe me prendre. Je suis vraiment désolée, ma chérie. Rocket, vous allez rester pour tenir compagnie à ma petite-fille, n'est-ce pas ? Elle a préparé un festin et ce serait dommage de tout gaspiller.

Le visage de Jayme s'enflamma. *Incroyable !* Elle *savait* que sa Mamichou mijotait quelque chose. Elle lui avait demandé de passer sa robe légère, de leur préparer un festin pour ce soir. Elle avait tout prévu ! Le bingo avec son amie ne lui serait jamais sorti de la tête. Winnie avait un esprit acéré. Malgré son âge avancé, elle gardait les idées claires.

— Eh bien, je...

— Elle a travaillé sur ce dîner durant tout l'après-midi, insista Winnie, ne laissant pas Rocket s'éclipser poliment. Je serai de retour vers 21 ou 22 heures. Ne m'attendez pas !

Puis elle posa une main sur le bras de Jayme et se redressa sur la pointe des pieds pour l'embrasser sur la joue.

— Amuse-toi bien, murmura-t-elle avec un clin d'œil.

Et elle fila vers la porte d'entrée sans jeter un seul regard en arrière.

Jayme pinça les lèvres et inspira profondément. Elle se tourna vers l'homme qui se dressait toujours dans la cuisine de sa Mamichou, détonnant et ressemblant à un géant dans cet environnement. Il lui sourit et Jayme faillit fondre. Il était tellement beau que c'était un danger !

— Vous n'avez pas besoin de rester, lui assura-t-elle. Si vous avez faim, je peux vous faire un Tupperware. Ayant souvent été la cible des manigances de Mamichou, je sais ce que ça fait d'être manipulé par elle.

— Votre cuisine est-elle aussi délicieuse que l'affirme Winnie ? demanda Rocket.

Jayme n'était pas prétentieuse, elle n'aimait pas se vanter, mais elle savait qu'elle était une bonne cuisinière et boulangère. Elle haussa les épaules et répondit par l'affirmative.

— Alors, si dîner avec un inconnu ne vous dérange pas, j'aimerais bien rester.

CHAPITRE DEUX

Retenant son souffle, Rocket regarda en silence cette femme qui lui faisait face. Il lui avait demandé l'autorisation de rester et voulait voir ce qu'elle allait répondre. Il aurait dû être contrarié que Winnie les ait collés ensemble. La semaine précédente, lorsqu'elle lui avait envoyé un texto pour l'inviter à dîner, elle s'était bien gardée de mentionner l'existence de sa petite-fille.

Il avait rencontré Winnie quelques mois auparavant à la supérette et, étonnamment, ils avaient bien accroché. Elle lui rappelait beaucoup sa propre grand-mère. Ils s'étaient échangé leurs numéros de téléphone et il était passé chez elle plusieurs fois pour prendre de ses nouvelles. Son aïeule lui manquait beaucoup et il n'avait pas honte d'admettre qu'il se sentait seul.

Il avait essayé de sortir, mais aucune des femmes qu'il avait rencontrées ne semblait intéressée par une relation à long terme. Généralement, il était parfaitement heureux en solitaire, mais il ne pouvait pas dénier que Winnie était une bouffée d'air frais. Elle le faisait rire et il aimait voir qu'elle aussi paraissait apprécier sa compagnie.

Célibataire et n'ayant pas eu de relation avec une femme depuis plusieurs années, il n'avait pas pu résister à la possibilité de manger un dîner fait maison. Rocket n'était pas très doué en cuisine. Son gril et ses plats surgelés l'empêchaient de mourir de faim, mais au fil des années, force était de constater que ses talents culinaires laissaient grandement à désirer.

Ce soir-là, à la seconde où il avait pénétré dans la maison de Winnie, il avait immédiatement commencé à saliver. C'était une odeur absolument divine ! Son estomac avait grondé et il avait ricané quand Winnie avait haussé un sourcil en l'entendant.

Il aurait détesté être obligé de retourner dans sa maison vide pour faire cramer un autre repas au micro-ondes. Il espérait que Jayme l'autorise à rester. Rocket savait qu'il n'était pas l'homme le plus accessible du monde. Il était impressionnant, grand et costaud. Il devait s'équiper dans des magasins spécialisés pour trouver des vêtements à sa taille.

Se balançant d'un pied sur l'autre, il fourra les mains dans ses poches pour tenter de se faire moins menaçant. La plupart du temps, il ne faisait guère cas des regards nerveux qu'on lui adressait. Bavarder ne l'enchantait pas et si les gens avaient peur de lui, cela signifiait au moins qu'ils n'essayeraient pas d'engager la conversation.

Winnie avait été une exception. Elle avait volontiers accepté son offre hésitante de l'aider à porter ses courses jusqu'à sa voiture... puis elle avait continué à papoter, ne paraissant pas remarquer qu'il ne répondait quasiment rien. Sa petite-fille n'était manifestement pas aussi loquace, mais Rocket était capable de déceler entre elles des similarités physiques. Elles étaient toutes les deux délicates, avaient le même visage en forme de cœur et la même petite fossette quand elles souriaient. Et il supposait qu'avant que les cheveux de Winnie ne grisonnent, elle avait probablement les mêmes boucles brun clair que Jayme.

Rocket faisait de son mieux pour garder les yeux braqués sur le visage de Jayme, même si son esprit ne parvenait pas à se détacher de ses courbes. Sa robe rouge soulignait amoureusement ses hanches larges et sa poitrine généreuse. Avec sa carrure, Rocket avait toujours été attiré par les femmes qui ne donnaient pas l'impression de se briser s'il les touchait. Elle était pulpeuse et ses mains le démangeaient de vérifier si sa peau était aussi douce qu'elle en avait l'air. Sa robe lui arrivait aux genoux et pendant une seconde, il s'imagina agenouillé devant elle, passant une main sous l'ourlet, remontant le long de sa cuisse, l'entendant retenir sa respiration, sentant son excitation alors que sa main se rapprochait sans cesse de son intimité détrempée...

— Les amis de Mamichou sont mes amis, dit doucement Jayme.

Et cette voix ! L'entendre suffit à donner envie à Rocket de choses qu'il n'avait jamais connues. Se blottir ensemble la nuit sur son lit deux places, échanger de longues conversations intellectuelles pendant le dîner, l'entendre chuchoter à son oreille pendant qu'il la prenait longuement, lentement et tendrement.

Merde ! Il avait clairement passé trop de temps tout seul. Il fallait qu'il arrête de songer au sexe, sans quoi il allait terrifier Jayme avec son érection.

Quand la plupart des gens le regardaient, ils voyaient sa taille et ses grandes mains, noircies par des années de taches d'huile. Puis pour une raison quelconque, ils pensaient qu'il n'était pas très intelligent. Pourtant, Rocket avait en passé un master de commerce. Il l'avait décroché auprès d'une université en ligne... et n'en avait parlé à absolument personne ! Il s'était ennuyé et avait voulu se lancer un défi.

— Ça sent très bon ici, dit-il en essayant de mettre Jayme à l'aise.

Le sourire qu'elle lui rendit lui illumina le visage.

— Merci.

— Qu'allez-vous servir ?

Rocket saliva pendant qu'elle lui expliquait le menu.

— Puis-je faire quelque chose pour vous aider ? s'enquit-il.

— Mettre la table ? proposa Jayme.

Soulagé qu'elle ne lui ait pas demandé de faire quoi que ce soit en matière de cuisine, Rocket acquiesça.

— Les assiettes sont dans ce placard et les couverts se trouvent dans ce tiroir.

Il s'avança davantage dans la cuisine... et il réalisa immédiatement à quel point l'espace était petit. Il pouvait sentir le parfum, la lotion ou le shampooing de Jayme. Elle embaumait la plage, la noix de coco ou quelque chose de tropical. Sentant sa verge tressauter dans son pantalon, il s'efforça de se calmer. Il n'aurait vraiment pas voulu la mettre mal à l'aise.

Quand il s'approcha d'elle, il nota à quel point elle était petite par rapport à lui. Winnie et lui avaient ri de leur extrême différence de taille et il s'était habitué à dépasser de beaucoup la plupart des gens. Mais en regardant Jayme, il se dit qu'ils s'harmoniseraient parfaitement. S'il l'étreignait, sa tête viendrait se caler contre sa poitrine.

Songer à la serrer contre lui et à enfoncer le visage

dans ses cheveux le fit se contracter. Cette réaction viscérale envers cette femme était presque effrayante.

— Ça va ? demanda Jayme, inquiète.

Rocket hocha la tête. Il devait se reprendre, sans quoi, Jayme risquait de le prendre pour un pervers et mettrait sa grand-mère en garde contre lui.

— J'ai simplement faim, répondit-il avec un sourire.

— C'est bien. J'en ai trop fait, comme d'habitude. Il y en a assez pour nourrir un bataillon.

Rocket passa les bras au-dessus d'elle pour sortir des assiettes du placard, puis il se dirigea vers la petite table située près de la cuisine avant d'avoir un geste stupide... comme celui de prendre Jayme dans ses bras, par exemple.

— Je suis vraiment désolée que Mamichou vous ait manipulé, dit-elle en jetant un œil dans le four pour vérifier ses pâtes.

— Je ne le suis pas, répliqua honnêtement Rocket.

Lui coulant un regard, il surprit Jayme qui rougissait. Il ne se souvenait pas de la dernière fois où il avait vu une femme s'empourprer de la sorte.

— Winnie m'a un peu parlé de vous. C'est agréable de vous rencontrer en personne.

Jayme leva les yeux au ciel.

— Je n'en doute pas. Mamichou n'arrive pas à se

retenir de raconter sa vie – et la mienne – à tout le monde.

— Elle n'a dit que du positif, la rassura Rocket.

— Elle me rend folle, sourit Jayme, mais je l'aime. Je ne sais pas ce que j'aurais fait si elle ne m'avait pas invitée à venir habiter ici avec elle au Texas pendant un moment.

— Tout va bien ? demanda Rocket, désireux d'en apprendre autant que possible sur cette femme.

Il sortit les couverts du tiroir alors qu'elle commençait à disposer la salade César dans des bols.

Elle soupira.

— Pas vraiment.

Rocket aurait aimé lui dire qu'il ferait tout son possible pour l'aider, mais ils venaient à peine de se rencontrer. Elle n'avait aucune raison de se confier à lui ou d'accepter son assistance.

— Je sais que vous ne me connaissez pas... mais on m'a dit que j'écoutais très bien.

Il lui prit les bols de salade et elle leva la tête, le regardant dans les yeux pendant un long moment.

— Merci, dit-elle doucement.

Rocket hocha la tête. Bien qu'il soit déçu qu'elle n'ait pas voulu se confier à lui, il n'était pas complètement surpris.

Ils passèrent quelques minutes à disposer la nourriture sur la table. Rocket tint la chaise de Jayme et elle le remercia à nouveau en silence tout en s'asseyant.

— Ça a l'air incroyable, dit Rocket avec admiration.

— Ce n'est rien de spécial, répondit Jayme avec une pointe de timidité.

— Non ! C'est génial ! Je ne me souviens pas de la dernière fois où j'ai mangé un repas fait maison qui avait l'air aussi bon que celui-ci, lui dit Rocket.

— Eh bien, laissez de la place pour le dessert, car on m'a dit que mon gâteau au chocolat est absolument délicieux.

Rocket grogna.

— J'ai aussi fait des cookies au beurre de cacahouètes pour Mamichou, mais après sa manigance de ce soir, je crois que je vais vous permettre de tous les emmener chez vous.

— Voulez-vous bien m'épouser ? laissa échapper Rocket.

Jayme éclata de rire et il se rendit compte qu'il ne plaisantait qu'à moitié. Il ne savait rien de cette femme hormis qu'elle était une super cuisinière. Pourtant, se trouver en sa présence lui donnait l'impression d'être plus léger, plus heureux, plus comblé.

— Je pourrais peut-être simplement être votre dealeuse de cookies, répliqua-t-elle.

— C'est d'accord, dit Rocket sans hésitation.

— Vous ne devriez peut-être pas vous engager sans

avoir tout goûté, dit-elle avec un petit haussement d'épaules.

— Pas besoin ! Tout ce que vous préparez sera cent fois mieux que ce que j'aurais su me faire tout seul.

— Vous ne cuisinez pas ? demanda-t-elle en prenant sa fourchette.

Suivant son mouvement, Rocket prit une bouchée de salade et avala avant de répondre.

— Non, pas du tout. Je n'ai jamais appris les bases pendant mon enfance. J'ai grandi loin de ma mère et l'idée que mon père se faisait d'un bon dîner était de coller de la mortadelle entre deux bouts de pain. Ni plus ni moins ! Quand on pouvait se le permettre, on se faisait plaisir en commandant quelque chose.

Au lieu de le considérer avec pitié, Jayme sembla plus curieuse.

— Vous n'avez jamais appris à l'âge adulte ?

Rocket haussa les épaules.

— Après le lycée, j'ai intégré la Marine. J'ai passé beaucoup de temps sur des navires au milieu de l'océan. La nourriture m'a toujours été fournie. Depuis que j'ai quitté l'Armée pour travailler pour des contractants, je me suis contenté de vivre de plats à emporter et de repas surgelés.

— Mamichou a dit que vous étiez réparateur d'hélicoptères ? demanda Jayme.

Rocket hocha la tête. Il n'aimait pas vraiment

parler de lui-même, mais il aurait raconté à cette femme tout ce qu'elle aurait voulu savoir.

— Affirmatif. Au lycée, j'aidais mon père à retaper des voitures, et ça m'a paru être une progression naturelle quand j'ai intégré l'Armée. Je n'ai pas accroché avec la vie militaire, mais bricoler des moteurs m'a plu. Alors maintenant, je peux faire ce que j'aime sans avoir à me soumettre aux règles et régulations du métier de marine.

— C'est super, dit Jayme.

— *Ça* l'est aussi, lui dit Rocket en désignant du menton les coquilles farcies qu'il était en train de manger. Sérieusement, je n'ai jamais rien goûté d'aussi bon.

— Merci, dit-elle timidement.

— Vous avez toujours voulu devenir chef ?

— Pas chef, mais boulangère, oui, dit-elle.

— Il y a une différence ? demanda Rocket.

Elle poussa un petit rire.

— Oh, oui ! Les différences résident dans le type de produits qu'on confectionne. Les boulangers font principalement du pain, des biscuits, des gâteaux, des pâtisseries et d'autres articles de boulangerie. Les chefs ne se concentrent pas sur un seul type de nourriture, mais préparent toutes sortes de plats différents.

Rocket regarda son assiette vide puis releva les yeux vers Jayme.

— Je dirais que vous êtes les deux.

Elle souriait toujours.

— Eh bien, j'aime bien cuisiner, mais j'*adore* faire des pâtisseries.

— Alors j'ai hâte de goûter à vos cookies et votre gâteau au chocolat, dit Rocket.

Une heure plus tard, après quatre biscuits et deux parts du gâteau le plus incroyable qu'il ait jamais mangé, Rocket était assis avec Jayme dans la salle de séjour de Winnie. Elle tenait une tasse de thé et lui avait préparé un pot de café. Il était repu et était très content de pouvoir se poser et discuter avec l'une des femmes les plus intéressantes qu'il avait rencontrées depuis très longtemps.

— Vous ne m'avez pas raconté ce qui vous a amenée au Texas, commença Rocket, cherchant désespérément à en apprendre davantage sur Jayme.

Celle-ci haussa les épaules et plongea le regard dans sa tasse de thé.

— Ce n'est pas une histoire très intéressante.

— Pour moi si, déclara simplement Rocket.

— Pourquoi ?

Pourquoi, en effet ? Il se pencha lentement et posa sa tasse de café sur la table, attendant que Jayme lève les yeux. Quand elle croisa enfin son regard, il dit :

— Je suis venu ce soir avec la certitude qu'après un bon repas avec Winnie, je rentrerais à la maison et passerais le reste de la soirée seul. Comme je l'ai fait toute ma vie, un soir sur deux. Je me lève, je pars travailler, je rentre à la maison, je regarde la télévision, je m'endors... puis je recommence le lendemain. Je n'ai pas beaucoup d'amis et les gens se méfient générale-ment de moi à cause de ma taille.

» Vous aviez tous les droits d'être contrariée que Winnie ait joué les entremetteuses. Vous auriez pu me dire que vous n'étiez pas rassurée à l'idée de rester seule avec moi. Au lieu de cela, vous m'avez servi le meilleur repas que j'ai mangé depuis des années et vous ne m'avez pas traité comme si je risquais de me montrer dangereux ou violent à cause de ma taille. Vous êtes aussi très belle... et je ne comprends pas pourquoi vous n'êtes pas encore mariée, avec une maison pleine d'enfants. Les hommes dans votre entourage doivent tous être des idiots complets.

» J'ai envie d'en apprendre plus sur vous, Jayme. Je ne sais pas pourquoi je suis autant attiré par vous. C'est peut-être parce que vous avez eu pitié d'un pauvre céli-bataire, mais je le suis quand même. Vous me prenez probablement pour un gros lourd et ça me désole, mais si je ne quitte pas cette maison sans vous dire que j'ai passé jusqu'ici une soirée extraordinaire et que j'ai-merais vous revoir, vous emmener quelque part, je ne me le pardonnerais jamais. Alors... oui, tout chez vous m'intéresse. Y compris la façon dont vous avez atterri ici.

À la seconde où il cessa de parler et voyant qu'elle restait silencieuse, Rocket aurait voulu se coller des baffes.

Il était un idiot ! S'il n'avait jamais brillé en société, voilà la raison : il avait tendance à dire ce qu'il pensait, même si cela le faisait passer pour un mec bizarre.

S'adressant toujours des reproches, il retint son souffle en attendant la réponse de Jayme.

CHAPITRE TROIS

Jayme braqua son regard sur cet homme assis près d'elle. Il était installé dans le fauteuil dans lequel son grand-père s'asseyait toujours, les coudes sur les genoux, le regard posé sur elle.

Elle avait été triste d'apprendre que les gens le traitaient mal simplement à cause de sa taille. Étrangement, elle ne s'était absolument pas sentie en danger. Même s'il faisait trente centimètres et au moins cinquante kilos de plus qu'elle. C'était peut-être à cause de la confiance que lui accordait Mamichou ou du respect qu'il vouait à la vieille dame.

— Je suis désolé de vous avoir mise mal à l'aise. Je vais partir maintenant, dit Rocket après qu'elle fut restée silencieuse trop longtemps.

Il voulut se redresser.

Sans y songer, Jayme tendit la main vers lui. Elle lui

toucha la cuisse, juste au-dessus du genou, et Rocket se figea comiquement, à moitié debout, à moitié assis.

— Restez, dit rapidement Jayme.

Il se rassit lentement et elle sentit sous sa main ses muscles qui se contractaient dans le mouvement. Elle s'humecta les lèvres et à contrecœur, elle retira sa main de sa jambe pour reprendre sa tasse de thé.

Cela faisait longtemps qu'un homme ne l'avait pas aussi intriguée. Il ne ressemblait en rien aux gars avec lesquels elle était sortie par le passé. Il n'était pas aussi raffiné. Il était plus... sauvage. Plus rude. Mais c'était quelque chose qui lui plaisait.

Déglutissant bruyamment, elle dit :

— J'ai été bête. C'est pour ça que je suis ici.

— Je n'y crois pas une seconde, répliqua Rocket sans la moindre hésitation.

— Merci, mais c'est la vérité. J'ai travaillé dans une petite boulangerie de Seattle pendant dix ans. Claire, la propriétaire, était une femme plus âgée que moi qui me rappelait ma Mamichou sur bien des plans. Quand j'ai commencé à travailler à *La Maison en pain d'épices*, elle était mon mentor. Elle m'a beaucoup appris sur la façon de gérer un business. On se mettait au boulot à 4 h 30 et en attendant l'ouverture des portes, on passait notre temps à pâtisser et à rire. Elle me connaissait mieux que personne. Elle était comme une deuxième mère pour moi.

Jayme s'arrêta et avala une gorgée de son thé, déplorant ses larmes qui pointaient. Ce qui s'était passé aurait dû la mettre en colère, pas lui briser le cœur !

Rocket n'insista pas pour qu'elle continue. Il ne la pressa pas. Quand Jayme lui coula un regard, elle vit qu'il gardait les yeux braqués sur elle. Il ne s'agitait pas et n'avait pas l'air de s'ennuyer. Être le centre d'attention de cet homme était une sensation grisante.

— Cela étant, au fil des ans, les choses ont commencé lentement à changer. Le matin, Claire n'arrivait plus qu'une heure après l'ouverture. De plus en plus d'opérations quotidiennes me sont revenues. Ça ne m'a toutefois pas dérangée parce que je pensais qu'un jour, ce magasin serait à moi. Claire et moi en avions parlé et elle m'avait dit que lorsqu'elle serait prête à prendre sa retraite, elle me vendrait la boutique.

Jayme s'arrêta à nouveau de parler, mais cette fois, c'était parce qu'elle avait la gorge serrée. Penser à ce qui s'est passé était toujours aussi douloureux que trois mois auparavant... le jour où Claire avait dit qu'elle avait besoin de lui parler.

Jayme sentit le coussin près d'elle s'enfoncer et soudain, Rocket était assis à côté d'elle. Il lui retira la tasse et la plaça sur la table basse. Puis il lui prit les deux mains et se contenta de les tenir avec délicatesse.

Elle sentait son odeur citronnée et elle avait la sensation qu'elle ne pourrait plus jamais sentir l'arôme des agrumes sans songer à lui.

— Je vais bien, murmura-t-elle.

— Prenez votre temps, dit doucement Rocket.

Elle mit encore quelques instants avant de pouvoir reprendre la parole.

— Je faisais la plupart du boulot au magasin. J'étais responsable de tous les employés, je passais les commandes, je m'assurais que tout était cuit le matin. Alors, lorsque Claire a demandé à me parler, j'étais certaine qu'elle allait me dire qu'elle allait prendre sa retraite et qu'elle voulait discuter des conditions de vente de la boutique. Au lieu de cela, elle m'a dit que son *neveu* allait prendre le relais, qu'elle lui vendait *La Maison en pain d'épices*.

» J'ai été vraiment choquée. Il n'avait pas souvent mis les pieds dans la boulangerie depuis que j'avais commencé à y travailler. Elle m'a présenté ses excuses et m'a dit qu'elle espérait que je reste en tant que manager. Elle voulait que j'enseigne les bases à son neveu.

» Ça m'a fait mal. Vraiment. J'avais consacré une décennie de sang, de sueur et de larmes à cette boulangerie, et voilà qu'on me retirait soudainement tous mes espoirs et mes rêves. Cela étant, je ne voulais pas laisser tomber Claire. J'ai essayé. Vraiment. Mais son neveu est un idiot ! Il ne se soucie pas de la boulangerie ou des clients fidèles. Seul le fric l'intéresse. Il a renvoyé plusieurs personnes et a tellement rogné sur les dépenses que les pâtisseries populaires que nous proposions depuis des années n'ont plus eu le même goût, à cause des ingrédients génériques qu'il nous a forcés à utiliser. Je n'ai plus pu le supporter et j'ai fini par démissionner.

» Après coup, je n'ai pas pu supporter de rester à Seattle, alors j'ai demandé à Mamichou si je pouvais habiter avec elle un moment jusqu'à ce que je décide de ce que je voulais faire de ma vie.

— Je suis désolé, dit Rocket.

Jayme appréciait sa sympathie simple, mais sincère.

— Moi aussi.

— Je m'avance peut-être un peu, mais puisque je viens de faire l'expérience de vos talents culinaires... Pourquoi n'ouvririez-vous pas votre propre boulangerie ?

Jayme l'étudia. Elle avait particulièrement conscience qu'il ne lui avait pas lâché les mains, et elle n'avait pas envie qu'il le fasse.

— J'y ai songé, mais c'est beaucoup de travail.

— Parce que gérer *La Maison en pain d'épices* ne l'était pas ? contra Rocket. Il me semble que dans la vie, les meilleures choses sont celles qui sont les plus difficiles à obtenir. Vous avez dit que vous gériez pratiquement toute seule cette boulangerie à Washington. Manager le personnel, commander les fournitures, préparer les produits... Vous avez déjà conscience que c'est un travail difficile et vous savez ce qu'il implique.

Jayme se mordit la lèvre. Elle le savait. Elle avait consacré son cœur et son âme à cette boulangerie de Seattle et quand cela lui avait été retiré, elle avait souffert. Cela dit, des mois s'étaient écoulés et elle s'ennuyait ferme. Elle aimait sa Mamichou, mais elle avait besoin de *faire* quelque chose.

— Je suis désolé. Je suis certain que vous avez déjà pensé aux tenants et aux aboutissants de cette situation, dit Rocket en desserrant sa main.

Jayme serra les doigts autour des siens, refusant de le laisser s'écarter.

— Je pense que j'ai juste peur. Et si j'échoue ?

— Alors vous trouverez autre chose à faire, dit Rocket simplement et sans jugement. Mais pour être honnête, à en juger par vos desserts de ce soir, vous ne pouvez que réussir. D'ailleurs, je pense que si vous trouvez un local ici, à Killeen, vous aurez un succès phénoménal. Il y a beaucoup d'hommes comme moi, des célibataires qui aiment le sucré, qui adoreraient pouvoir acheter des pâtisseries faites maison quand ils en ont envie. Et cela ne concerne pas seulement les hommes. Je suis certain que les femmes aussi se plieraient en quatre pour acheter des en-cas délicieux.

Jayme appréciait ses encouragements.

— J'ai aussi des recettes incroyables à faible teneur en calories.

Rocket sourit puis devint sérieux.

— Je suis désolé que votre amie vous ait déçue. Je ne connais pas cette Claire, mais je suis certain qu'elle regrette sa décision. À l'heure qu'il est, son neveu a probablement mené sa chère boulangerie à la faillite. Mais ne laissez pas ses actions détruire *votre* rêve. Vous avez le droit de lui être reconnaissante de vous avoir fourni l'occasion d'apprendre ce dont vous aviez besoin pour gérer votre propre entreprise, tout en vous sentant blessée par ses actes.

C'était vrai. Jayme gardait des sentiments mitigés sur toute cette histoire. Elle aimait Claire, mais ses actes l'avaient vraiment meurtrie.

— Merci, dit-elle doucement.

— Vous allez avoir besoin d'un nom vraiment génial pour votre boulangerie, dit Rocket. Pourquoi pas *C'est du gâteau* ?

Jayme sourit et plissa les narines.

— Non ? Que dites-vous de *C'est pas de la tarte* ?

Cela la fit éclater de rire.

— Oh, non !

— Oui, c'est trop ringard. Il faudrait que ça

englobe davantage que simplement les gâteaux, les cookies ou le pain, alors vous ne pouvez pas avoir ces mots dans le nom. Tu ne voudrais pas que les gens pensent que tu ne fais que du pain, des cookies ou ce genre de choses, tout en étant trop large pour que l'on comprenne le genre de boutique que c'est.

— Vous paraissez en savoir beaucoup sur ce genre de choses, nota Jayme.

— J'ai un master en commerce, répondit-il avec un haussement d'épaules. J'ai suivi un cours de marketing.

— Ah, oui ? C'est vrai ?

— Je sais, un mécanicien avec un master est surprenant, dit-il d'un ton empreint d'autodérision.

— Non, ce n'est pas ça, corrigea rapidement Jayme pour ne pas qu'il pense qu'elle le critiquait d'une quelconque façon. C'est simplement que je... La plupart des gens ne comprennent pas ! Quand j'ai essayé d'en parler à Mamichou, elle n'a pas vraiment compris la somme de travail qu'implique le fait de gérer une entreprise. Ses intentions sont bonnes, mais elle croit que j'ai simplement besoin de préparer une fournée de cookies et que je les vendrai sans le moindre effort.

— Posséder un business n'est pas une partie de plaisir, dit Rocket. J'aurais pu lancer ma propre entreprise, mais réparer des hélicoptères n'est pas une compétence très demandée.

Jayme ricana.

— Tant qu'on n'aura pas tous un hélicoptère dans notre garage, je comprends pourquoi travailler en tant que contractant est le meilleur choix pour vous.

Il lui rendit son sourire.

— À quels noms aviez-vous pensé pour votre boulangerie ? Et ne me dites pas que vous n'en avez pas trouvé, parce que je ne vous croirais pas.

Comment cet homme la connaissait-il si bien après seulement quelques heures ?

— Vous me promettez de ne pas rire ? demanda-t-elle.

— Je ne me moquerai jamais de vous, dit-il sérieusement.

Jayme le croyait. C'était fou, mais quelque chose chez cet homme lui donnait envie de croire que son rêve pourrait devenir réalité.

— *Les pros de la pâtisserie* ?

Rocket plissa les narines.

— Oui, ce n'était pas mon premier choix, lui accorda Jayme. Et pourquoi pas *Des Chous de rêve* ? Ou *L'Étal du boulanger* ?

— C'est mieux, mais je ne suis pas sûr qu'ils *vous* correspondent vraiment.

— *Les Délices chauds* ? demanda Jayme en retenant son souffle.

C'était son choix préféré parmi tous les noms qu'elle avait trouvés.

— *Les Délices chauds...* Ça me plaît. Ça évoque toutes sortes de délices, pas seulement des biscuits ou des tartes. Et si vous élargissez un peu pour faire autre chose que des desserts, vous pourriez vendre des tourtes, des ragoûts, des choses comme ça.

Jayme sourit.

— C'est ce que je me suis dit aussi. Rocket... ?

— Oui ?

— Je n'ai pas peur de toi.

Alors qu'il affichait un air surpris, d'autres mots se déversèrent d'elle. Elle avait pensé à ce qu'il avait dit plus tôt et elle voulait... Non, elle avait *besoin* de le convaincre qu'elle ne pensait pas qu'il puisse lui faire le moindre mal.

— La plupart des hommes avec lesquels je suis sortie n'ont pas compris que pâtisser m'apaise, qu'être dans la cuisine est ce qui comble mon âme. Ils ne comprenaient pas que je préfère passer une soirée à cuisiner plutôt que d'aller à un concert ou au cinéma. J'étais une gamine agaçante. Demande à ma grand-mère ! Elle te racontera que je n'arrêtais pas de les tarauder, elle ou ma mère, pour qu'elles me montrent comment me servir d'un nouvel ustensile de cuisine, et que je détestais jouer dehors parce que je préférais rester dedans avec elles pour pâtisser ou cuisiner. Alors maintenant, tu sais que mon rêve est de posséder un jour ma propre boulangerie... et je ne pense pas que tu sois un mec louche.

Le temps que Jayme achève son petit discours, elle était quasiment à bout de souffle, mais elle l'avait prononcé à la hâte afin de ne pas perdre son assurance. Elle se contentait parfaitement de se fondre dans le décor, sans attirer l'attention sur elle, alors révéler toute l'étendue de ses pensées à Rocket avait été difficile... Mais le sourire qu'il lui adressait valait bien toute l'angoisse qui avait grandi en elle avant qu'elle ne dise enfin ce qu'elle avait sur le cœur.

— Super. Tu veux bien qu'on aille quelque part ?

— Ça me plairait, dit timidement Jayme. Je n'ai pas encore vu grand-chose de Killeen.

— Je serais honoré de te faire faire le tour, répondit Rocket avec un grand sourire.

— Super.

— Super, répéta-t-il.

Puis il la surprit en se calant contre le dossier du canapé sans toutefois lui lâcher la main.

— Je pourrais partir tout de suite, mais cela priverait Winnie de la satisfaction de savoir qu'on s'est bien entendus... et que son petit plan a vraiment bien fonctionné.

Jayme éclata de rire.

— C'est vrai... Cela dit, elle mérite probablement

d'être déçue et de croire pendant un moment que son plan n'a pas marché.

— Ça te dérange ? demanda Rocket.

Si cela la dérangeait ? Non. Elle aimait sa Mami-chou, et même si elle était un peu embarrassée qu'elle ait joué les entremetteuses, si ça collait entre Rocket et elle, elle ne pourrait pas vraiment être en colère.

— Non, lui dit-elle.

— Moi non plus. Winnie n'aurait pas le câble, par hasard ? demanda-t-il d'un ton sceptique.

Jayme éclata de rire.

— Non seulement elle a le câble, mais aussi Netflix, Hulu, Amazon Prime et Apple TV.

Rocket écarquilla les yeux.

— Sérieusement ?

— Oui. Elle dit qu'elle doit se tenir au courant des dernières nouvelles du monde, lui dit Jayme.

— Ta grand-mère est plus cool que moi, dit Rocket.

— Et moi aussi, en convint Jayme en prenant la télécommande et en cliquant vers la télévision.

Elle ne savait pas combien de temps ils avaient passé à regarder une série britannique sur une unité d'hélicos d'urgence, mais elle réalisa qu'elle s'était endormie quand elle entendit des voix qui discutaient autour d'elle.

Ouvrant les yeux, elle vit que Rocket avait éteint les lumières... et qu'elle était quasiment blottie sur ses genoux. Il passait le bras autour d'elle et elle utilisait son épaule comme un oreiller. Il l'avait entourée d'une couverture et elle se sentait au chaud et en sécurité entre ses bras.

Il revint se placer à côté d'elle et elle sentit qu'il l'allongeait sur les coussins.

— Je t'appellerai demain, lui dit doucement Rocket.

Jayme hocha la tête. Elle avait du mal à garder les yeux ouverts.

— Rendors-toi, lui dit Rocket. Je trouverai la sortie tout seul.

— Rocket ?

— Oui ?

— J'ai passé un bon moment ce soir.

— Moi aussi.

Elle sentit ses lèvres chaudes contre son front avant qu'il ne s'éloigne. Elle entendit d'autres paroles étouffées – probablement Rocket qui disait au revoir à Mamichou –, puis cette dernière revint dans la pièce d'un pas traînant. Sachant qu'elle aurait dû se lever pour aller jusqu'à sa chambre, Jayme redressa lentement l'échine, gardant autour de ses épaules la couverture qui avait l'odeur de Rocket.

— Tu as l'air d'avoir passé un bon moment ce soir, dit Mamichou avec un sourire diabolique.

— Absolument, lui dit Jayme. Comment était le bingo ?

— Chiant. Je déteste ce jeu idiot.

— Alors pourquoi y vas-tu toujours ?

— Parce que. Je suis certaine qu'un jour, je finirai bien par gagner, lui répondit sa grand-mère.

Jayme ne put que secouer la tête avec exaspération.

— Alors, Rocket va t'appeler demain ?

— Tu n'as jamais entendu parler d'avoir une vie privée ? demanda Jayme.

— Non. J'en déduis que vous avez accroché ?

— Oui, Mamichou, on a accroché, lui répondit Jayme.

— Je le savais ! entonna sa grand-mère.

— Oui, mais bon, on ne planifie pas encore le mariage, alors ne t'emballe pas.

Winnie jeta la tête en arrière et éclata de rire.

— *Pas encore.* J'ai envie de t'accompagner à l'autel, lui dit sa grand-mère.

Jayme ne put que secouer la tête avec exaspération.

— C'est une tradition tellement archaïque !

— Peu m'importe. Ce n'est pas ton papa qui est responsable de ta rencontre avec Rocket. C'était juste moi ! Alors ce sera à moi de te donner à lui.

— Très bien. Si on se marie, je te laisserai m'accompagner jusqu'à l'autel. Tu es satisfaite ?

— Immensément, mais n'attends pas trop long-temps ! Je ne rajeunis pas, plaisanta Mamichou.

Jayme se rappelait qu'elle disait cela depuis son enfance afin d'obtenir ce qu'elle désirait.

— Nous ne sommes même pas encore sortis ensemble, Mamichou. On va peut-être se rendre compte qu'on ne s'entend pas vraiment.

— Foutaises ! Quand je suis revenue, j'ai eu l'impression que vous vous entendiez plus que parfaitement.

Jayme savait qu'elle rougissait.

— A-t-il aimé tes coquilles farcies au poulet et au parmesan ?

— Oui.

— Et tes cookies, ton pain et ta tarte au chocolat ?

— Oui.

— Tu vois, c'est bien. La meilleure façon de séduire un homme est par le ventre. Cet homme-là ne sait pas se préparer à manger, alors tout ce que tu as à faire est de le nourrir... et tu l'auras pris dans tes filets.

— Je ne veux pas le « prendre dans mes filets », répliqua doucement Jayme. Je veux un homme qui m'aime pour *celle* que je suis, pas parce que je suis capable de le nourrir.

— *Celle* que tu es... est une boulangère, dit douce-ment sa grand-mère. Dès l'instant où tu as tenu une spatule pour la première fois, tu as oublié tout le reste.

Trouver un homme qui apprécie ce trait de ta personnalité est une bénédiction. Tu m'avais dit que beaucoup de gars avec lesquels tu étais sortie ne comprenaient pas cette partie de toi. J'ai eu une intuition à propos de Rocket la première fois que je l'ai rencontré. Il se sent seul. Ce n'est pas un homme qui aime sortir en ville ou faire la fête. Il possède sa propre maison ; il te l'a dit ?

— Non, répondit Jayme.

— C'est vrai. Il l'a achetée il y a quelque temps parce qu'il voulait vivre dans un endroit calme. Il a dit qu'il ne voulait pas habiter en appartement et devoir s'inquiéter qu'un voisin brûle la baraque en laissant une bougie allumée. Il a aussi fait refaire la cuisine et les salles de bains, dans l'espoir de trouver une femme qui aimerait passer toutes ses nuits terrée avec lui.

— C'est impoli de parler de quelqu'un dans son dos, protesta Jayme.

— Très bien. Je dis simplement qu'en le connaissant mieux, je n'ai pu m'empêcher de penser que vous seriez comme cul et chemise, tous les deux. Et mon instinct ne se trompait pas ! Donne-lui sa chance, mon amour.

— Il m'a invitée à sortir, dit Jayme à sa grand-mère.

Elle rayonnait.

— C'est fantastique ! Tu ferais mieux d'aller te coucher pour être fraîche.

Jayme réprima l'envie de lever les yeux au ciel.

— Oui, madame.

Gardant la couverture autour de ses épaules, elle se redressa. Elle avait fait la moitié du chemin vers les escaliers de la petite maison de sa grand-mère quand elle entendit celle-ci l'interpeller. Jayme se tourna pour la regarder.

— Je t'aime, mon enfant. Rocket est un homme bon. Donne-lui sa chance.

— Je n'y manquerai pas, dit doucement Jayme.

Mamichou hocha la tête et Jayme continua à monter les escaliers. Elle resta longtemps couchée dans son lit à regarder le plafond. C'était certes un peu bizarre d'avoir sa grand-mère comme entremetteuse, mais entre Rocket et elle, cela avait fait des étincelles.

Elle ne savait pas jusqu'où iraient les choses entre eux, mais elle avait hâte que le lendemain arrive pour lui parler. Et elle était contente d'avoir décidé de revenir au Texas pour trouver quoi faire de sa vie. Elle n'avait pas prévu de rencontrer un homme, mais à présent qu'elle avait rencontré Rocket, elle n'avait plus aussi envie de déménager.

Cela faisait très longtemps qu'une relation ne l'avait pas aussi enthousiasmée et elle avait hâte de voir ce que le futur lui réservait.

CHAPITRE QUATRE

Allant chez Winnie pour une autre sortie avec Jayme, Rocket inspira profondément et essaya de tempérer les battements de son cœur. Au cours des deux semaines précédentes, il lui avait parlé tous les jours et l'avait vue trois fois. Il aurait préféré la voir plus souvent, mais son emploi du temps était survolté. Des événements à l'étranger l'avaient contraint à passer de longues heures sur les hélicoptères de la base pour les maintenir en parfait état.

Cependant, il avait demandé son après-midi et avait prévu quelque chose de complètement inattendu pour leur rendez-vous d'aujourd'hui. Cela étant, sans savoir ce qu'en penserait Jayme, il prenait un risque.

Il l'avait emmenée manger une fois et leur conversation avait été légèrement guindée. Il avait passé un bon moment, mais ne s'était pas véritablement détendu. C'était nul, parce qu'il appréciait vraiment Jayme. Il voulait voir jusqu'où les choses pouvaient aller entre eux. Il n'avait vraiment pas envie de merder. Jayme était jolie et avait l'esprit pratique, et il appréciait vraiment son dévouement envers Winnie. Lui-même n'était pas proche de ses parents, ce dont il était responsable, sans qu'ils aient fait quelque chose de particulier. Il s'était simplement investi dans sa vie et un jour, il s'était rendu compte qu'il n'avait pas vu sa mère et son père depuis plusieurs années.

Pour leur rendez-vous suivant, il l'avait emmenée faire le tour de Killeen. Cette fois-ci, il avait été un peu plus détendu et les choses entre eux avaient semblé plus décontractées, un peu comme durant leur repas chez Winnie. Et au troisième rendez-vous, Rocket l'avait amenée à la base de l'Armée. Il lui avait fait faire le tour de l'endroit où il travaillait et l'avait présentée à ses collègues.

Il appréciait son attitude terre-à-terre et la façon dont elle riait et plaisantait avec ses amis, leur serrant la main malgré le cambouis ou le fait que la plupart d'entre eux étaient des ours mal léchés.

Plus Rocket connaissait Jayme, plus il l'appréciait.

Il se gara dans l'allée de Winnie et descendit de sa vieille Chevrolet Blazer. Quoiqu'un peu ancienne, ses compétences mécaniques l'avaient maintenue en parfait état. Rocket adressa un salut du menton à

Brain, le voisin de Winnie. Celui-ci était dehors et lavait la voiture de sa petite amie. Aspen et lui s'étaient présentés un jour où il rendait visite à Winnie, et Rocket devait bien admettre qu'il était rassuré de savoir que ses voisins veillaient sur elle.

Elle avait beau penser qu'elle était parfaitement capable de se débrouiller toute seule, à 91 ans, elle était vulnérable. Récemment, Aspen avait également dit qu'elle était heureuse que Jayme ait emménagé afin de pouvoir garder un œil sur la vieille femme décidée.

Se rendant à la porte d'un pas dynamique, Rocket leva la main pour toquer, mais elle s'ouvrit avant qu'il puisse le faire.

— Salut, dit Jayme en lui souriant.

D'un coup, la journée de Rocket devint parfaite.

— Bonjour, répliqua-t-il en se penchant machinalement.

Il posa une main sur le biceps de Jayme et passa les lèvres contre sa joue pour la saluer.

Elle rougit, sans que son sourire s'estompe.

— Tu es prête ? demanda-t-il.

— Oui. Mamichou est partie il y a environ une demi-heure pour déjeuner avec une de ses amies. Le car des seniors est passé la prendre.

Rocket hocha la tête.

— Je pense que c'est formidable qu'elle soit encore capable de sortir autant.

Jayme leva les yeux au ciel.

— Si elle en était incapable, elle serait vraiment intolérable. Elle a besoin d'entendre des commérages. Juste une seconde, laisse-moi prendre mon sac à main.

Elle retourna rapidement à l'intérieur et Rocket attendit patiemment sur les marches du porche. C'était son jour de congé et, deux semaines auparavant, il aurait travaillé dans le jardin ou bien bricolé dans son garage, bossant sur la vieille Harley qu'il s'était achetée quelque temps auparavant.

Elle revint moins d'une minute plus tard et lorsqu'elle se tourna pour verrouiller la porte d'entrée, Rocket ne put s'empêcher de lui mater le cul. Elle avait un des arrière-trains les plus beaux qu'il ait jamais vus, et il dut invoquer toute sa volonté pour ne pas la toucher.

Elle se retourna et le surprit à la regarder, mais au lieu de s'en irriter, elle se contenta de ricaner.

— Tu es vraiment un mec, lui dit-elle.

Rocket haussa les épaules.

— Je plaide coupable.

Ses joues étaient roses, ce qui ne fit qu'attirer le désir que Rocket ressentait pour elle. Il savait qu'elle avait 32 ans, mais parfois, elle lui rappelait une adolescente mal dégrossie. Il aimait le fait qu'elle n'était pas blasée et ne faisait pas étalage de sa sexualité. Elle n'en avait pas besoin. Elle n'avait qu'à lui sourire pour qu'il lui fonde littéralement entre les mains.

— À présent que nous sommes en route, vas-tu enfin me dire ce qu'on va faire aujourd'hui ? demanda-t-elle.

— Non. Pas encore, répondit Rocket, amusé qu'il soit si facile de la taquiner.

— D'accord, mais je te fais savoir qu'un cheesecake que j'ai préparé ce matin est posé sur le comptoir de Winnie... et je ne sais toujours pas si je vais t'autoriser à en manger une part.

— Oh, tu es cruelle, dit Rocket en posant la main sur sa poitrine.

De l'autre, il ouvrit la portière côté passager.

— Non, c'est toi qui es cruel, pouffa-t-elle. Je me suis creusé les méninges pour découvrir pourquoi notre rendez-vous devait être aussi secret et où tu pourrais bien m'emmener.

— Je pensais que les boulangères étaient censées être patientes, dit Rocket lorsqu'elle fut installée dans la voiture.

— Pas celle-ci, lui dit Jayme.

Sans pouvoir s'en empêcher, Rocket leva une main vers les cheveux de Jayme pour les rabattre en arrière. Elle les portait lâchés – ce qu'il aimait – et les boucles épaisses se recourbaient autour de ses épaules, attirant son regard vers sa poitrine. Elle portait un T-shirt à col en V qui dévoilait juste un soupçon de décolleté. Son jean lui moulait les jambes, caressant ses courbes.

Le besoin de l'explorer le faisait saliver, lui donnait envie de lui retirer son haut et de l'aduler.

— Patiente encore un peu, ma curieuse petite pâtissière, et tu verras de tes propres yeux ce que j'ai prévu de faire. Mais sache que si tu détestes, nos plans peuvent facilement être modifiés.

Jayme l'étudia en inclinant la tête.

— Tu es nerveux, déclara-t-elle.

Rocket haussa les épaules.

— Oui.

— Pourquoi ?

— Parce que j'ai envie que tu t'amuses. Je veux t'impressionner. Je n'ai vraiment pas envie de te faire peur.

Il soupira.

— Et je suis nerveux parce que tu me plais, Jayme. Je ne voudrais pas que mes actes puissent te faire regretter d'être sortie avec moi.

Elle le regarda pendant un long moment avant de dire :

— Tu n'as pas à t'inquiéter de quoi que ce soit, Rocket. C'est moi qui suis au chômage, qui vis de la générosité de ma grand-mère. Tu es... *toi*, dit-elle en le désignant d'un geste, et je suis moi.

Elle haussa les épaules.

— Les gens qui nous voient ensemble se demandent probablement ce que tu fais avec moi.

— C'est faux, répliqua immédiatement Rocket. Ils sont probablement jaloux que *je* sois avec toi et pas eux. Attache ta ceinture.

Il se recula avant de faire quelque chose de stupide, comme lui donner un baiser passionné. Il détestait le manque d'assurance de Jayme. Si l'un d'eux avait dû être hésitant dans leur relation naissante, c'était lui. Il savait sans l'ombre d'un doute qu'il avait décroché le jackpot et il ferait tout son possible pour s'assurer qu'elle ne se demande jamais si elle pouvait trouver mieux que lui.

Faisant rapidement le tour de sa voiture, il s'installa derrière le volant. Une fois qu'il fut sorti de l'allée, il tourna le regard vers Jayme. Celle-ci le regardait en souriant.

— Quoi ? demanda-t-il.

— Rien. Je suis juste heureuse, répondit-elle. Je ne sais pas où l'on va ni ce qu'on va faire, mais être auprès de toi est relaxant. Je n'ai pas à avoir peur de me perdre, d'être harcelée ou même de savoir quoi dire.

Sans réfléchir, Rocket lui prit la main, poussant un soupir de soulagement quand elle n'hésita pas à envelopper ses doigts autour des siens.

— Tu n'as pas à t'inquiéter de ces choses lorsque tu es avec moi. Tu seras *toujours* en sécurité avec moi.

— Je le sais, dit doucement Jayme. Merci.

Il lui pressa la main pour toute réponse.

Moins de dix minutes plus tard, ils franchissaient les portes de Fort Hood et se dirigeaient vers le hangar où il travaillait.

— Tu as oublié de me montrer quelque chose quand nous sommes venus pour la dernière fois ? demanda Jayme.

Rocket fut content qu'elle n'ait pas deviné ses projets.

— Pas exactement, lui dit-il.

Il gara sa voiture et lui prit la main pour la conduire vers un hélicoptère posé sur le tarmac. Il s'arrêta à courte distance de la machine et se tourna vers elle.

— Aujourd'hui, j'ai pensé t'emmener faire un tour en hélicoptère.

Jayme écarquilla les yeux.

— Sérieusement ?

— Absolument. Un des pilotes doit faire un essai pour la route. Ne t'inquiète pas, j'ai obtenu toutes les autorisations dont j'avais besoin pour t'emmener et c'est complètement sûr, je te le garantis. Il a juste besoin de tester certaines des corrections qu'on a effectuées sur le moteur. Je ne t'emmènerais pas dans un hélico que je ne saurais pas fiable à cent pour cent.

— Et tu as bossé dessus ? demanda Jayme.

Rocket hocha la tête.

— Oui.

— Alors je sais que c'est sûr, dit-elle doucement.

Cette confiance instantanée en ses capacités donna à Rocket l'impression qu'il faisait trois mètres de haut.

— Si tu as peur ou si tu es nerveuse, ne te sens pas obligée. J'ai simplement pensé que ce serait un moyen amusant pour toi d'en voir davantage sur la région. Et en prime, tu as un tour en hélicoptère gratuit.

— Je ne suis jamais montée dedans, lui dit Jayme en regardant l'engin. Je suis nerveuse, mais je suis aussi tout excitée. Merci. C'est génial, acheva-t-elle en souriant.

Rocket se détendit légèrement.

— C'est bien ?

— Plus que bien, lui dit Jayme. Et ce cheesecake avec lequel je t'ai menacé tout à l'heure ?

— Oui ?

— Il est tout à toi, et j'y ajoute même des cookies aux pépites de chocolat et le pain aux bananes au chocolat que j'ai fait pour Mamichou.

Rocket ricana.

— Super ! Mais tu dois savoir que tu n'as pas besoin de continuer à pâtisser pour moi. Je t'apprécie sans toutes ces récompenses.

— J'en ai envie. J'ai tendance à pâtisser plus quand

je suis heureuse. Et j'ai été très heureuse au cours des deux dernières semaines.

— C'est génial.

Rocket avait envie de l'embrasser. De *vraiment* l'embrasser. Mais il savait aussi que les pilotes de l'hélico les regardaient et la dernière chose qu'il aurait voulue était d'embarrasser Jayme. Cela dit, il était extrêmement difficile de se contenter de lui sourire.

— Viens, j'ai hâte de voir ce que tu penses de ton premier vol en hélicoptère.

Jayme ne pouvait s'empêcher de sourire. Elle n'arrivait pas à croire que Rocket l'ait emmenée faire un tour en hélico ! Il l'avait aidée à s'installer dans l'habitacle et, quand ses mains avaient frôlé ses hanches en attachant sa ceinture de sécurité, elle avait senti ses cuisses se serrer, fort.

Elle désirait cet homme. Vraiment. Elle n'avait jamais eu *besoin* de sexe et avait toujours cru qu'elle avait une petite libido. Depuis qu'elle avait rencontré Rocket, cependant, elle pensait rarement à autre chose.

Il était un homme imposant... et elle supposait que

cela signifiait qu'il était grand de partout. Si le stéréotype sur le rapport entre la taille des extrémités d'un homme et celle de son membre était vrai, Jayme avait la sensation qu'elle allait avoir du mal à le recevoir en elle. Mais... oh, elle avait tellement envie d'essayer !

Puis Rocket avait délicatement placé le casque sur sa tête et positionné le microphone devant ses lèvres, et elle avait songé à le tirer vers elle pour l'embrasser.

Heureusement, le pilote lui avait demandé quelque chose et il s'était détourné pour répondre à sa question. Cela avait évité à Jayme de faire quelque chose de vraiment embarrassant.

Rocket était l'un des hommes les plus étonnants qu'elle avait jamais rencontrés. Il avait décroché son master en ligne simplement parce qu'il s'ennuyait. Il avait retapé plusieurs voitures et motos presque à partir de rien, juste pour le plaisir. Et puis il était génial avec Mamichou. Apparemment, tous les gens qu'elle rencontrait paraissaient avoir le plus profond respect pour lui.

Jayme avait été un peu nerveuse lorsque l'hélicoptère avait décollé et elle avait probablement laissé les empreintes de ses ongles dans la main de Rocket. Cela dit, elle n'avait guère mis de temps à se détendre suffisamment pour vraiment apprécier le vol. Rocket discutait parfois avec les pilotes des aspects techniques du vol, puis il montrait à Jayme les endroits intéressants.

Ils survolèrent Fort Hood et elle put enfin voir à quel point la base était grande. Au-dessus de la nationale 35, elle éclata de rire quand Rocket lui désigna le meilleur emplacement pour sa boulangerie... Près d'une des entrées de la base, tout en restant assez loin pour que les personnes non affiliées à l'armée n'aient pas peur d'y venir.

Il la stupéfiait par son sens des affaires et son enthousiasme pour un business qui n'était pour le moment rien de plus qu'un rêve.

Tout au long du vol, il lui avait également tenu la main, se rapprochant d'elle et désignant les points à voir, pressant son corps contre le sien. Son parfum citronné la rendait folle et elle dut invoquer toute sa volonté pour ne pas se retourner et attaquer le pauvre homme. Le vol n'avait probablement duré qu'une vingtaine de minutes, mais Jayme avait eu tellement conscience de sa présence pendant chaque seconde du trajet qu'elle avait l'impression qu'ils avaient volé plus longtemps.

Elle souriait encore quand ils quittèrent la base.

— Ça t'a plu ? demanda-t-il.

— Allons, lui dit Jayme, c'était incroyable ! Passionnant ! Extraordinaire ! Je n'aurais jamais pensé faire quelque chose comme ça de toute ma vie.

— Ça me fait plaisir.

— Et maintenant ? Et d'ailleurs, je ne sais pas comment tu pourras dépasser ça un jour.

Rocket plissa les narines d'un air adorable.

— C'est vrai. *Merde !* Je n'aurais peut-être pas dû sortir l'artillerie lourde dès le début de notre relation.

Elle était ravie qu'il ait prononcé ces paroles et ait dit qu'ils avaient une relation.

— Je crois que tu es un homme bien, lui dit-elle.

— Quoi qu'il en soit, j'ai pensé que je pourrais te montrer ma maison. C'est-à-dire... si tu en as envie. Si tu préfères, je peux te ramener chez Winnie.

Jayme redressa le dos sur son siège.

— J'adorerais voir ton appartement. Tu en as suffi-samment parlé pour attiser ma curiosité.

— Ce n'est vraiment rien de spécial.

— Ce n'est pas vrai, répliqua Jayme du tac au tac. C'est ta maison et tu l'aimes. Cela la rend très spéciale.

Il lui adressa un petit sourire.

— Dis-m'en plus, demanda-t-elle.

— C'est une ancienne ferme qui s'étend sur trois arpents environ. Il a fallu effectuer beaucoup de travaux de rénovation à l'achat, mais la première fois que je l'ai vue, j'en suis tombé amoureux. Il y a un porche tout autour de la maison que j'ai dû refaire à neuf parce que les planches étaient toutes pourries. Elle a deux étages et quatre pièces. Je crois que je t'avais dit que j'avais fait refaire la cuisine et les salles de bains. Elles sont complètement modernes, mais j'ai gardé quelques petites touches anciennes ici et là. Quand j'ai pu, j'ai utilisé du bois de récupération, et j'ai une magnifique porte de grange qui sépare ma bibliothèque de la pièce principale. J'ai fait de mon mieux pour créer une pièce ouverte, mais vu l'ancienneté de la structure, c'est plus difficile parce qu'il y a beaucoup de poutres de soutien que je n'ai pas pu retirer.

Il s'interrompit et lui adressa un regard embarrassé.

— Trop de détails ?

— Non, continue, l'encouragea Jayme, ravie par son enthousiasme pour sa maison.

— Je voulais un sous-sol, parce qu'il y a parfois des tornades au Texas, mais ce n'était pas possible, alors j'ai construit une cave.

— Comme dans *Le Magicien d'Oz* ? demanda Jayme avec enthousiasme.

Rocket ricana.

— Oui, je n'y avais pas pensé.

— C'est super cool !

— Tu ne trouverais certainement pas ça cool si une tornade s'abattait sur nous et que tu étais obligée d'y rentrer, dit Rocket d'un ton sec.

— Je l'aimerais probablement encore plus, songea Jayme.

— Je n'ai pas encore fini les jardins. J'ai essayé de réduire au minimum les plantes et les arbres qui ont besoin de beaucoup d'eau, parce que ce n'est pas respectueux pour l'environnement. Il y a donc beaucoup de gravier et d'arbustes vivaces, mais j'ai gardé une section du jardin avec les arbres d'origine. Ils apportent beaucoup d'ombre et j'ai accroché un hamac. Un de mes trucs préférés est simplement de m'y allonger pour m'imprégner de l'atmosphère.

Jayme ferma les yeux. Elle se représentait parfaitement Rocket allongé dans un hamac, se balançant au gré de la brise.

Plus important encore, elle se les imaginait étendus ensemble.

— Tu pensais à quoi ? demanda Rocket.

Il était vraiment perceptif !

— Je me demandais simplement si on tient tous les deux dans ce hamac, dit Jayme en essayant de passer outre sa timidité.

Il y avait quelque chose chez cet homme qui lui donnait l'assurance de dire ce qu'elle pensait.

— On le fera, dit Rocket.

Ils échangèrent un regard si intime que de la chair de poule remonta le long des bras de Jayme. Il faudrait qu'elle change de sujet de peur de faire quelque chose d'embarrassant... comme d'ouvrir le bouton de son jean et de lui faire une pipe, là, dans sa voiture.

— Rocket est un nom inhabituel, dit-elle soudaine-ment. C'est un surnom ?

Pendant une seconde, elle se dit qu'il n'allait pas la laisser changer de sujet. La chaleur dans ses yeux était quasiment incendiaire et Jayme avait hâte de s'y brûler.

Mais comme s'il avait compris qu'elle était sur le point de craquer, Rocket accepta le changement de sujet.

— C'est mon vrai nom, pas un surnom. Je peux te montrer mon acte de naissance, si tu le souhaites.

— Je te crois, dit Jayme. Aucune preuve nécessaire.

— Ma mère voulait quelque chose d'unique pour moi. Elle voulait quelque chose de différent de ses amies, qui appelaient leurs enfants John, Rob et Samuel. Bien entendu, elle n'a pas songé à toutes les moqueries que j'allais me prendre avec un prénom comme Rocket. Heureusement, ma puberté est arrivée très tôt et les autres n'avaient pas vraiment envie de s'en prendre à quelqu'un d'aussi grand que moi. Je suppose qu'elle a choisi Rocket parce que dans son esprit, cela lui évoquait quelqu'un qui va quelque part, qui est fort et monte très haut.

Il haussa les épaules avec une certaine autodérision.

— Cela étant, elle ne s'était pas vraiment imaginé que je puisse devenir mécanicien.

Jayme pressa la main qu'elle tenait toujours.

— Elle n'approuve pas ta profession ?

— Ce n'est pas qu'elle n'approuve pas, dit Rocket. Je veux dire, elle était heureuse que j'intègre la Marine, mais je pense qu'elle espérait que je devienne un véritable constructeur de fusées ou un astronaute, ou bien quelque chose de plus prestigieux. Elle m'aime. Nous ne sommes tout simplement pas proches.

— Je pense que ce que tu fais est incroyable. Bien sûr, les fusées sont impressionnantes, mais quelqu'un doit bien les concevoir. Quelqu'un doit les faire fonctionner. Quelqu'un doit les remplir de carburant et s'assurer que toutes les réserves soient en place afin que les astronautes soient en sécurité. Sans parler des gens qui restent sur le terrain et contrôlent la technologie alors que la fusée s'envole vers l'espace. Je pense que les gens sont trop impressionnés par ceux qui sont au sommet, alors qu'ils devraient aduler les gens normaux, ceux qui permettent à notre économie de fonctionner. Les employés de fast-food, les gens qui travaillent dans les stations-service, ceux qui bossent dans les grands magasins et les marchés et qui passent de longues heures à remplir les étagères. C'est nous, les citoyens lambda, qui faisons vraiment tourner le monde, pas les « grands chefs » au sommet de la pyramide.

Une fois qu'elle eut terminé son discours

passionné, Jayme était un peu gênée, mais elle ne supportait pas de voir Rocket rongé de doutes sur lui-même ou la profession qu'il exerçait.

Rocket divisa son attention entre elle et la route pendant un long moment avant de porter sa main jusqu'à sa bouche pour lui embrasser la paume. Sa barbe de cinq heures omniprésente la piqua un peu.

— En plus, dit-elle d'un ton plus léger, je suis contente que tu t'y connaisses en moteurs, parce que je suis nulle pour tout ce qui touche à la mécanique. Je sais changer un pneu, si j'y suis contrainte, mais si je dois en faire plus avec ma voiture, je suis totalement dépassée.

— Tu viens de me convaincre de changer tes pneus, dit Rocket sans la moindre hésitation.

— Merci, dit doucement Jayme.

C'était bon de savoir qu'il ne serait pas loin si – et quand – elle avait des problèmes de bagnole. La fois où elle avait eu une panne sur la route nationale 5 à Seattle avait été extrêmement stressante. Elle avait dû attendre près de deux heures avant que le service de dépannage débarque, et elle était terrifiée à l'idée qu'une des voitures qui filaient sur la route lui rentre dedans.

— C'est mon allée privée, dit Rocket en quittant la route principale.

Jayme regarda devant elle... et elle inspira brusquement lorsqu'elle aperçut la maison de Rocket.

Elle était magnifique ! Si elle était en recherche de logement, c'était exactement ce qu'elle aurait voulu pour elle-même. Le grand porche lui donnait envie d'y placer un fauteuil à bascule pour y passer des heures. Toutes les fenêtres étaient pourvues d'adorables volets et tout dans la propriété était accueillant et paisible.

— Oh, Rocket, j'adore !

— Bien, dit-il en faisant le tour de la maison avant d'appuyer sur la télécommande de la porte du garage.

Il gara sa voiture à l'intérieur et dit :

— J'ai un grand bâtiment de l'autre côté où je peux restaurer des véhicules et faire des travaux de construction pour la maison. La cave est à l'arrière. Je te les montrerai plus tard, si tu le souhaites.

— J'en ai envie, dit Aspen avec un sourire.

Ils descendirent tous les deux de la voiture et il lui tint la porte.

— Je suis loin d'être un bon cuisinier – tu le sais déjà –, mais je sais faire griller un bon steak... ou bien du poulet, si tu préfères. C'est-à-dire... si tu veux rester pour le dîner.

— J'adorerais, lui répondit-elle.

Elle se tourna vers lui avant d'entrer dans la maison. Elle se tenait une marche au-dessus de lui et il restait *quand même* plus grand qu'elle. Courageuse, Jayme passa les bras autour de son cou et posa la tête sur sa poitrine. Elle pouvait sentir son cœur battre sous sa joue.

— Merci pour cette super sortie, Rocket, lui dit-elle. Cela dit, rester dans ta voiture sur le parking d'un Walmart aurait été tout aussi génial. J'aime simplement passer du temps en ta compagnie. Je sais que tu es vraiment occupé et je te remercie d'avoir passé ta journée avec moi.

— La décision était toute prise, répondit Rocket alors que ses bras se refermaient autour d'elle.

— Je sais que tu avais probablement d'autres choses à faire.

— Non. Rien d'important, contra-t-il.

Ils restèrent ainsi pendant encore un long moment avant que Jayme ne s'écarte. Cependant, elle ne le lâcha pas. Au lieu de cela, elle le regarda brièvement avant de se redresser sur la pointe des pieds.

Leurs lèvres s'unirent et elle ferma les yeux.

Si elle craignait de s'être montrée trop audacieuse ou effrontée, elle oublia toutes ses inquiétudes quand Rocket grogna et l'attira plus près de lui. Il prit le contrôle du baiser, inclina la tête et lui lécha la lèvre inférieure, comme s'il lui demandait la permission d'entrer. Jayme lui accorda immédiatement l'accès, resserrant sa prise sur lui alors qu'il la prenait dans ses bras et entrait dans la maison. Il la dépassait largement, mais cela la faisait se sentir protégée et chérie, pas écrasée.

Rocket la poussa contre le mur juste à l'intérieur de la maison et ils s'embrassèrent comme si cela allait être leur premier et unique baiser. Il se fit rapidement charnel, ce qui ne fit qu'attiser le désir que ressentait Jayme. Leurs langues se mêlèrent et jouèrent, s'enseignant mutuellement ce qu'elles aimaient. Pourtant, durant tout ce temps, Rocket ne profita pas d'elle. Ses mains restèrent collées contre son corps et ne partirent pas en exploration. Jayme avait désespérément envie de sentir les callosités de ses paumes contre sa peau sensible, mais elle appréciait trop leur premier baiser pour souhaiter la moindre distraction.

Quand il se recula enfin, tous les deux respiraient très fort. Jayme vit son regard descendre vers sa poitrine et elle savait qu'elle aurait probablement dû être mal à l'aise, parce qu'il pouvait voir que ses mamelons étaient durs comme de la pierre. Pourtant, rien de tout cela n'était embarrassant.

— Ta maison me plaît, murmura-t-elle.

— Tu ne l'as même pas encore vue, sourit-il.

— Ça ne fait rien. Je sais qu'elle est parfaite.

— Ça va ? demanda-t-il en fronçant légèrement les sourcils. Je ne veux pas que tu aies l'impression que je te mets la pression. Tu es en sécurité.

— Je sais que je le suis, lui répondit-elle.

Pouvait-on tomber follement amoureuse de quelqu'un après seulement deux semaines ? Elle n'en avait aucune idée, mais elle avait le sentiment qu'elle était déjà accro.

Il leva une main et caressa les lèvres de Jayme avec le pouce. Elles étaient un peu enflées, et elle ne put se retenir de sourire et de sortir la langue pour lui titiller la peau.

— Bon sang, marmonna Rocket. Tu veux ma mort...

— C'est une belle façon de mourir, plaisanta-t-elle.

— C'est vrai. Viens. Laisse-moi te montrer où j'habite.

Jayme hocha la tête, ignorant sa déception quand il écarta les bras d'elle et s'éloigna. Mais il parvint seulement jusqu'à la porte du garage par laquelle ils venaient d'entrer. Après l'avoir refermée, il lui reprit la main et la tint fermement alors qu'il la conduisait à l'intérieur de sa ravissante maison.

CHAPITRE CINQ

Rocket poussa un léger soupir et se figea quand Jayme se colla à lui. Cela faisait au moins une heure qu'elle était profondément endormie. Après le dîner, pour lequel elle avait insisté pour préparer à la va-vite des petits pains faits maison et des cookies aux pépites de chocolat, ils s'étaient installés sur le canapé et avaient allumé la télévision. Il n'avait aucune idée de ce qui se passait à l'écran, car toute son attention était braquée sur cette femme dans ses bras. Elle s'était blottie contre lui, avait posé la tête sur son épaule et s'était rapidement endormie.

Rocket ne put s'empêcher de sourire en voyant sa réaction face à sa cuisine. Elle avait écarquillé les yeux et en était restée sans voix pendant une bonne minute. Il lui avait bien dit qu'il n'avait pas regardé à la dépense pour la cuisine et les salles de bains, mais visiblement, elle n'avait pas compris à quel point.

Il possédait une cuisinière à gaz de qualité industrielle d'un mètre vingt de longueur, ainsi qu'un immense réfrigérateur à double porte. Il y avait des comptoirs en marbre et tous les gadgets de cuisine imaginables. Il avait acheté sans compter et il le savait – surtout pour un homme qui ne cuisinait pas –, mais il avait espéré rencontrer un jour une femme qui aurait aimé cet espace.

Les salles de bains étaient tout aussi somptueuses avec des sols chauffés, des baignoires à jacuzzi, des doubles lavabos, des douches pluie... et encore des comptoirs en marbre. Il avait parfaitement l'intention de gâter la femme qu'il aimait, et la meilleure façon qu'il voyait de le faire était de s'assurer que sa maison soit un refuge pour elle.

La réaction de Jayme l'informa qu'il avait réussi. Elle était impressionnée par ses salles de bains, mais il était clair qu'elle aurait pu *vivre* dans sa cuisine. Elle n'avait cessé de sourire pendant qu'elle cuisinait, et Rocket savait qu'il n'avait jamais passé dans sa maison une soirée plus agréable que celle-ci.

Elle avait appelé Winnie pour lui faire savoir où elle était et l'informer qu'elle rentrerait tard. Bien entendu, Winnie lui avait dit de s'amuser et de ne pas s'inquiéter pour elle. Si elle voulait passer la nuit, cela ne lui faisait absolument rien. Jayme avait rougi et Rocket avait dû se retenir de la prendre dans ses bras pour recommencer à l'embrasser passionnément.

Plus tôt, elle l'avait surprise avec ce baiser, mais il n'avait pas hésité à le lui rendre. Il avait eu raison ; elle s'ajustait parfaitement contre lui. Et même s'il avait eu terriblement envie de saisir ses fesses généreuses et de presser contre elle son érection dure comme de l'acier, il tenait ses mains à l'écart.

À présent, elle était collée à lui et il ne sentait plus que son parfum floral qui venait le torturer. Réticent à la déranger, il n'osait cependant pas remuer d'un cil.

Il n'arrivait toujours pas à y croire. Certes, il avait désiré trouver quelqu'un avec qui passer le reste de sa vie, qu'il pourrait aimer et chérir, et qui lui serait tout aussi dévoué, mais honnêtement, il n'aurait jamais cru que cela arriverait.

Pourtant, deux semaines plus tard, voilà... Il était fou amoureux de la femme blottie dans ses bras.

Rocket avait cru que tomber amoureux serait réconfortant et facile. Au contraire, c'était terrifiant. Et si elle ne ressentait pas la même chose que lui ? Que se passerait-il si elle était blessée ou tuée ? Comment le supporterait-il ? S'il parvenait à faire naître en elle des sentiments pour lui, que ferait-il si elle finissait par changer d'avis ?

Il se sentait vraiment hors de son élément et terrifié

à l'idée de faire quelque chose de mal qui réduirait à néant ses chances de trouver le bonheur.

Il avait dû se contracter ou se déplacer, car Jayme remua dans son étreinte, leva les yeux et inclina la tête en le regardant.

Elle était tellement belle ! Rocket aurait pu la contempler pendant des heures sans s'ennuyer. Ses yeux bleu foncé lui rappelaient les profondeurs de l'océan.

— Quelle heure est-il ? demanda-t-elle d'une voix rauque.

— Pas trop tard, dit doucement Rocket.

— Je n'ai pas eu l'intention de m'endormir, lui dit-elle.

— Ce n'est pas grave. Tu as eu une journée mouvementée.

Elle souffla et Rocket sourit en se disant qu'elle était vraiment mignonne.

— Je t'en prie. Je suis devenue vraiment paresseuse à présent que je ne me lève plus à l'aube pour aller à la boulangerie. J'ai l'impression que je ne fais que dormir. Quand j'ai arrêté de travailler, j'étais contente de pouvoir faire la grasse matinée et de pâtisser simplement pour moi et pas pour quelqu'un d'autre. Mais je sens que l'envie me revient, celle de faire des Délices chauds une réalité.

— Alors, fais-le, dit Rocket.

Jayme émit un reniflement moqueur.

— Ce n'est pas si facile.

— Certes, en convint Rocket, mais les choses intéressantes ne viennent jamais facilement.

— Voilà que tu parles comme Mamichou.

Rocket fut incapable de se retenir. Il leva une main et la fit passer dans ses cheveux. Il aimait la façon dont la tête de Jayme reposait sur son épaule et dont elle fermait les yeux pendant qu'il la caressait.

— Rocket ? demanda-t-elle sans ouvrir les paupières.

— Oui ?

— Je ne suis plus fatiguée.

Rocket se figea. Ses paroles parurent avoir un effet immédiat sur sa verge. Il aurait voulu la soulever et la porter dans sa chambre pour lui faire l'amour toute la nuit, mais il n'était pas certain que ce soit ce qu'elle avait voulu dire par ses paroles innocentes.

Elle ouvrit à nouveau les yeux et elle se déplaça, passant une jambe sur ses cuisses pour le chevaucher. Elle glissa ses bras autour de ses épaules et le regarda droit dans les yeux alors qu'elle clarifiait :

— Je n'ai jamais ressenti une telle chose. Je ne sais pas ce qu'il y a chez toi, mais j'ai l'impression que je suis là où je dois être. J'ai toujours été désespérée que mes anciennes relations n'aient pas fonctionné. J'ai pensé que quelque chose clochait chez moi. Mais être avec toi est parfait. C'est fou, je sais. Et je parle trop et je te fais probablement flipper. Tout ce que je veux dire est que... j'ai envie de toi. Tu veux bien me faire l'amour ?

Le membre de Rocket s'était raidi à la seconde où il avait senti les douces fesses de Jayme contre ses cuisses. Et plus elle lui parlait, plus il bandait. Il déglutit, essayant de s'éclaircir la gorge pour pouvoir parler.

— Oui.

Il aurait voulu lui en dire tellement plus. Il voulait lui dire qu'il ressentait la même chose. Qu'à la seconde où il l'avait vue chez Winnie, il avait eu l'impression de se faire renverser par un tank, l'impression que tout ce qu'il avait fait durant sa vie l'amenait à ce moment. Mais il ne parvint à prononcer qu'un seul mot.

Oui.

Se laissant glisser au bord de son canapé, Rocket empoigna les fesses de Jayme et la serra contre lui en se redressant. Elle ne poussa pas de cri de terreur, ne le serra pas plus fort. Elle se contenta de sourire puis de croiser les chevilles derrière lui.

— Tu es en sécurité. Je ne te laisserai pas tomber, lui dit Rocket, cherchant à la rassurer même si elle n'avait pas l'air d'être effrayée qu'il la porte.

— Je sais. Je ne sais pas pourquoi, mais je me sens toujours en sécurité avec toi.

Elle ne savait pas ce que ces paroles signifiaient

pour lui. Durant la majeure partie de sa vie, on lui avait lancé des regards en coin, on l'avait considéré avec méfiance. Sa taille faisait que les gens prenaient garde à ne pas trop s'approcher, et certains traversaient même la rue pour ne pas avoir à le croiser. Sa confiance signifiait tout pour lui.

Il la regarda dans les yeux tout en la portant jusqu'à sa chambre à l'étage. Rocket savait qu'il aurait probablement dû ralentir les choses. Ils ne s'étaient vus que quelques fois, même s'ils s'étaient parlé presque tous les jours depuis leur rencontre. Il ne voulait pas qu'elle regrette d'avoir couché avec lui. Pourtant, il ne pouvait pas lui dire non. Il se serait plié en quatre pour lui donner tout ce qu'elle désirait.

Une fois dans sa chambre, Rocket s'accrocha à la taille de Jayme et lui tapota la hanche. Elle réagit en dépliant les jambes jusqu'à ce qu'elle se retrouve entre ses bras. Encore une fois, leur différence de taille se fit ressentir, et Rocket sut qu'il devrait y aller lentement pour ne pas lui faire mal. Se l'imaginer petite et étroite quand il la pénétrerait le fit bander encore plus fort.

— J'ai une brosse à dents supplémentaire dans le tiroir, à droite du lavabo dont je me sers, lui dit-il.

— Merci, répondit-elle avec reconnaissance.

Elle s'éloigna de lui et, pendant une seconde, Rocket paniqua. Il ne voulait pas la lâcher. Et si elle changeait d'avis ? Et si elle voulait rentrer chez elle ?

Comme si elle percevait son anxiété, Jayme posa la main sur sa joue et dit doucement :

— Je ne serai pas longue. Merci de me donner l'occasion de me rafraîchir.

Rocket hocha la tête et la regarda se diriger vers sa luxueuse salle de bains. Elle lui décocha un petit sourire avant de fermer la porte derrière elle.

Passant une main à travers ses cheveux courts, Rocket inspira profondément. Il avait 40 ans, pour l'amour de Dieu. Il devait se reprendre ! Mais ce soir-là était différent de tous les autres soirs qu'il avait passés avec une femme. Plus important. Plus complet.

Sortant rapidement de la chambre, il se rendit dans la deuxième salle de bains située dans le couloir. Il se brossa les dents et se lava le visage avant de retirer son T-shirt. Le laissant tomber à terre sans y songer à deux fois, il retourna dans sa chambre.

Puis il hésita. Devait-il retirer son pantalon ? Se glisser sous les couvertures ?

Il se sentait maladroit et dénué de la moindre assurance. Il ne voulait pas paraître trop impatient et pourtant, il l'*était*.

Il se rendit jusqu'à la petite table de chevet et en sortit la boîte de préservatifs qu'il avait achetée plus tôt dans la semaine. Il n'avait pas envisagé que Jayme et lui fassent quoi que ce soit, mais juste au cas où, il avait eu envie d'être paré. Il ouvrit la boîte et posa un des préservatifs à portée du lit. Puis il s'assit nerveusement au bord de son matelas et attendit que Jayme réapparaisse. Il avait l'impression que son cœur faisait des bonds dans sa poitrine... et il avait hâte de la posséder.

Étonnamment, Jayme n'était pas nerveuse. Bon, d'accord, elle était un *peu* nerveuse, mais elle était plus excitée qu'autre chose. Lorsqu'elle s'était réveillée dans les bras de Rocket, elle avait su qu'elle n'aurait jamais aimé être ailleurs. En présence de Rocket, elle se sentait chérie. C'était un sentiment grisant et elle n'avait pas pu s'empêcher de lui demander de lui faire l'amour.

Elle n'avait jamais couché avec un homme au bout de quelques rendez-vous seulement, mais tout en elle lui criait que Rocket était fait pour elle. C'était fou, mais pour une fois dans sa vie, Jayme allait prendre ce qu'elle voulait.

Elle appréciait le fait qu'il lui donne l'occasion de se rafraîchir. Elle se brossa les dents et passa aux toilettes, puis elle réfléchit à ce qu'elle pourrait faire par la suite. Devait-elle retirer tous ses vêtements et entrer dans sa chambre toute nue ? Pourquoi pas s'enrouler dans une serviette ? Tout garder ?

Mince... Elle voulait être sexy et pleine d'assurance, mais elle ne s'était jamais sentie complètement bien dans sa peau. Elle aimait bien trop goûter à ses propres créations.

Cela dit, c'était de Rocket qu'elle parlait. Elle l'avait surpris plus d'une fois à dévorer du regard ses fesses et ses seins. Elle ne pensait pas qu'il soit dégoûté quand il la verrait nue, mais elle n'était pas complètement sûre non plus de pouvoir débarquer dans sa chambre à poil.

Décidant de faire un compromis, Jayme retira son jean, ses chaussettes, ses sous-vêtements, et son soutien-gorge. Elle garda son haut. Il ne dissimulait pas grand-chose, mais il descendait jusqu'à mi-cuisse, alors ses parties les plus importantes étaient couvertes. Plissant le nez en s'inspectant dans le grand miroir derrière la porte, elle inspira profondément. Elle était qui elle était et si Rocket n'aimait pas son apparence, ce serait bien mieux de le savoir tout de suite.

Elle ouvrit la porte et s'avança avec hésitation dans la chambre.

Ses yeux allèrent immédiatement à Rocket, qui était assis au bord de son lit. Il avait retiré sa chemise et ne portait que son jean.

Espérant paraître plus assurée qu'elle l'était, Jayme fit un pas vers elle. Il leva les yeux du plancher qu'il avait été en train de scruter et croisa son regard. Puis il la vit tout entière et s'arrêta de respirer.

Jayme sentit toute son assurance lui revenir en une seconde.

— Merde, souffla-t-il alors qu'elle s'approchait. Tu es tellement belle !

Jayme aurait eu un million de choses à lui répondre. Ses cuisses étaient trop grosses et frottaient ensemble quand elle marchait. Elle ne parvenait pas à se débarrasser du petit ventre qu'elle avait eu toute sa vie. Ses cheveux étaient trop épais. Elle avait toujours des boutons quand elle était super stressée. Ses orteils ressemblaient à des petites saucisses.

Mais au lieu de cela, elle leva le menton et dit :

— Merci. Toi aussi, tu es plutôt canon.

Alors qu'elle tendait les bras vers lui, Rocket se plaça à genoux devant elle. Il était si grand que même agenouillé, il restait au niveau de sa poitrine. Gardant les mains autour de ses hanches, il ne la toucha pas.

— Puis-je ? demanda-t-il en regardant son visage.

— Je t'en prie.

Il posa alors ses grandes mains sur elle. Au début, il les plaça simplement sur son T-shirt et ses hanches... puis elles descendirent lentement jusqu'à ce qu'elles touchent la peau nue de ses cuisses. Il gardait les yeux braqués sur son corps... et il se glaça quand il releva son T-shirt assez haut pour se rendre compte qu'elle ne portait pas de culotte.

Il leva brusquement la tête et Jayme put lire le désir et l'envie dans ses prunelles.

— Tu es nue là-dessous ? demanda-t-il.

C'était une question bête, car il était évident qu'il avait déjà vu qu'elle était nue sous son haut, mais elle hocha tout de même la tête.

— Ça m'a paru bête d'enfiler quelque chose que je vais retirer de toute façon.

— Bon sang, souffla Rocket. Puis il souleva son haut au-dessus de sa taille et se contenta de la regarder.

Il resta ainsi pendant si longtemps que Jayme s'agita.

— Rocket ?

— Désolé, dit-il sans détourner le regard de son sexe. J'essaye de me contrôler. Tu es parfaite.

Elle ne l'était pas, elle le savait, mais entendre la révérence dans sa voix la fit se sentir jolie pour la première fois depuis une éternité. Cette semaine-là, elle avait pris soin d'elle, s'assurant que ses poils pubiens soient bien taillés et que ses jambes soient lisses.

Rocket se redressa, la dépassant à nouveau de toute sa taille. Il saisit sa chemise, la souleva et la fit passer au-dessus de sa tête jusqu'à ce qu'elle se retrouve complètement nue devant lui.

Il se mit immédiatement à déboutonner son propre pantalon, le faisant descendre sur ses jambes à la hâte en même temps que son boxer avant de s'en débarrasser d'un coup de pied.

Puis il la surprit en tendant les bras pour la presser sur son cœur.

Ils étaient peau contre peau. Jayme sentait que ses seins s'écrasaient contre son corps dur comme de la pierre, son érection palpitant fort contre son ventre. C'était un moment intensément intime et il paraissait parfaitement heureux de pouvoir juste l'étreindre.

Quelques minutes plus tard, Rocket se recula. Il coula un regard à ses mamelons durcis qui frottaient toujours contre les poils de sa poitrine. Puis il la regarda dans les yeux.

— Merci, dit-il doucement.

— De quoi ? demanda Jayme.

— De me faire confiance quand tu es avec moi, dit-il simplement.

Puis il s'assit sur le lit et glissa vers l'arrière.

Ses paroles s'installèrent dans son cœur et Jayme déglutit bruyamment pour empêcher ses émotions de la submerger. Elle le suivit sur le lit et s'étendit près de lui sur le flanc. Il tendit immédiatement les mains vers elle et baissa la tête.

Ils ne se dirent plus rien pendant un long moment

tandis qu'ils s'embrassaient. Les mains de Rocket explorèrent son corps, la touchant, la caressant, apprenant ce qui la chatouillait et ce qui la faisait gémir. Les mains de Jayme restèrent également occupées, appréciant le contraste entre leurs corps. Là où elle était douce, il était dur. Là où elle était satinée, il était rude.

Quand il sentit les doigts de sa compagne frôler sa verge palpitante, il émit un son guttural étranglé et descendit le long de son corps.

— Rocket, se plaignit-elle.

— Si tu me touches, je vais exploser, avoua-t-il. J'ai envie de te donner du plaisir en premier.

— C'est déjà le cas, le rassura-t-elle.

— Alors j'ai envie que tu te sentes encore mieux, répliqua-t-il avant d'abaisser la tête entre ses cuisses.

Jayme hoqueta et écarta les jambes davantage. Jusque-là, elle n'avait pas compris ce que le cunnilingus avait d'aussi spécial. Par le passé, elle avait largement préféré se servir de sa propre main pour se faire jouir avec un homme, mais tout ce qu'elle pouvait faire à présent était de serrer les draps sous elle et de bien s'accrocher.

Rocket usait de sa bouche, de son nez, de ses doigts, de ses dents... Il était cent pour cent concentré sur tout ce qu'il pouvait faire pour la faire jouir. Et il ne fallut guère de temps pour que Jayme ressente les signes révélateurs d'un orgasme imminent.

— Oui, là ! l'implora-t-elle alors qu'il commençait à lécher son clitoris.

Elle sentit son doigt la pénétrer doucement et elle poussa un gémissement. Ses jambes se mirent à trembler et elle saisit la tête de Rocket tandis qu'elle s'abandonnait à l'un des orgasmes les plus puissants qu'elle ait jamais ressentis de toute sa vie.

Au moment où elle aurait d'ordinaire cessé de se donner du plaisir, Rocket intensifia son attention sur son clitoris.

— Rocket... ça suffit...

Il répondit d'un grognement et enfonça un second doigt dans son intimité palpitante, faisant aller et venir sa langue plus vite sur son petit bouton sensible.

Jayme poussa un léger cri alors que son orgasme gagnait en intensité. Elle vit des étoiles et ne put que s'accrocher et prier pour que Rocket la rattrape.

Combien de temps s'était-il écoulé ? Elle l'ignorait, mais elle finit par se rendre compte que le bout du nez de Rocket caressait l'intérieur de sa cuisse. Ses doigts étaient encore enfoncés profondément à l'intérieur de son corps et par le passé, elle aurait été embarrassée de mouiller autant et d'avoir le visage d'un homme aussi près de son entrejambe. Étonnamment, elle ne l'était pas.

— Par tous les saints, murmura-t-elle. Rocket ?

— Oui ?

— Prends-moi, s'il te plaît.

Il se déplaça plus vite qu'elle l'avait anticipé. Il retira les doigts de son corps qui protestait et elle le regarda enfiler le préservatif qu'il avait laissé près du lit. Elle avait eu raison. Il était bel et bien imposant, mais elle n'était pas nerveuse. Rocket ne lui aurait jamais fait de mal.

Il pressa le gland contre sa vulve détrempée et Jayme écarta les jambes le plus possible. Puis il gémit quand il entra lentement en elle.

— Oh, Jayme. Tu es tellement étroite. Je ne veux pas te faire de mal.

— Tu ne le feras pas, lui assura-t-elle.

Elle gardait les yeux braqués sur sa queue, voyant son corps qui la pénétrait avec précaution.

Il s'arrêta à mi-chemin et jeta la tête en arrière. Il serrait les dents et affichait une expression douloureuse.

Peut-être à cause de l'intensité de son orgasme et parce qu'elle mouillait autant, Jayme ne ressentait pas la même douleur. Tendant les bras, elle prit un oreiller posé à côté d'elle et souleva suffisamment les fesses pour le fourrer dessous.

Les paupières de Rocket s'ouvrirent et il soutint son regard pendant une fraction de seconde... avant de baisser les yeux.

— C'est tellement chaud, murmura-t-il.

Et c'était vrai. Levant les fesses pour améliorer l'angle de pénétration, il acheva d'entrer en elle. Quand leurs poils pubiens s'entremêlèrent, Jayme poussa un soupir. Elle noua les chevilles derrière ses fesses et lui saisit les biceps.

— Bouge, supplia-t-elle.

— Je ne pense pas en être capable. Pas sans jouir, admit Rocket.

Jayme émit un petit rire.

— J'ai foi en toi, lui dit-elle.

Lentement, Rocket commença à onduler des hanches. Il se retira puis revint tendrement en elle, encore et encore, comme s'il savourait la sensation du corps humide de Jayme autour de lui. C'était bien, mais elle en voulait davantage. Elle voulait voir Rocket perdre le contrôle. Elle voulait qu'il ressente les mêmes sensations qu'il lui avait données plus tôt.

— Plus fort, Rocket, l'encouragea-t-elle. Je ne vais pas me casser en deux.

— Je suis bien plus grand que toi, dit-il en conservant une maîtrise d'acier.

— C'est vrai, et j'aime te sentir au plus profond de moi. Mais j'ai besoin de *plus*.

Sur ce, il la regarda à nouveau dans les yeux. Il n'en fallut pas davantage.

— Je te donnerai toujours ce dont tu as besoin, dit-il.

Et cette fois, au lieu d'entrer lentement en elle, il donna un coup de reins.

Ils gémirent tous les deux.

— Oui, siffla-t-elle.

Il le refit encore et encore jusqu'à ce que le plaisir s'empare une nouvelle fois de Jayme. Le bruit des hanches de Rocket qui claquaient contre sa chair était sonore et paraissait résonner autour d'eux, décuplant leur plaisir.

Jayme leva les yeux vers Rocket, fascinée. Sous le coup de l'effort, le haut de sa poitrine avait rougi, et il prenait son pied en haletant. Les muscles de ses biceps se contractèrent quand il se rehaussa, pour ne pas l'écraser alors qu'il la besognait avec enthousiasme.

Chaque pénétration la rapprochait un petit peu plus de l'orgasme. Elle n'avait jamais été capable de jouir lors de ses précédents rapports, mais la taille de Rocket et le fait qu'elle se sentait sexy la rendirent à nouveau prête à basculer.

Plaçant une main entre eux, elle ne put résister à l'impulsion de caresser la verge de Rocket quand il se retira de son corps. Elle luisait de l'excitation de Jayme et elle s'en servit pour lubrifier son clitoris alors qu'elle le caressait.

— Bon sang, dit Rocket. Oui, fais-toi jouir. J'ai envie de sentir ton fourreau étroit serrer ma verge. Plus vite, Jayme. J'y suis presque...

Ses encouragements l'avaient poussée à déplacer ses doigts plus rapidement, cherchant désespérément à lui donner ce qu'il voulait. Elle ne mit pas longtemps. Entre les coups de boutoir de Rocket, ses paroles cochonnes et la façon dont il la perçait du regard, Jayme jouit.

— Oh, c'est tellement bon ! dit Rocket la prenant encore plus fort qu'avant.

Le lit tout entier faisait un bond chaque fois qu'il entrait en elle, et Jayme savait que le mouvement faisait tressauter ses seins.

Elle repéra la seconde à laquelle Rocket bascula. Il posa une main sous les fesses de Jayme et la pressa fort alors qu'il la pénétrait une dernière fois, se maintenant aussi profondément en elle qu'il le pouvait et jetant la tête en arrière. Les veines du cou de Rocket ressortirent tandis qu'il grognait de satisfaction.

Jayme enfonça ses ongles dans ses biceps et la regarda connaître l'extase que seul un orgasme pouvait donner. Cela se termina bien trop rapidement à son goût et il commença lentement à se détendre. Il se laissa tomber sur le côté puis sur le dos, empoignant toujours les fesses de Jayme. Celle-ci finit à califourchon sur lui puis redressa l'échine avant de baisser les yeux vers lui.

Il fit retomber ses bras de part et d'autre de lui, et

sa poitrine se soulevait violemment alors qu'il essayait de reprendre sa respiration.

— Ma belle... Tu m'as tué, plaisanta-t-il.

Jayme pouffa et sentit sa verge tressauter à l'intérieur d'elle. Elle arqua un sourcil et il sourit.

— Bon, je ne suis pas tout à fait prêt à recommencer, mais donne-moi cinq minutes.

Elle ne serait pas surprise que ce soit vrai.

Il leva une main et traça légèrement du bout de l'index les contours d'un mamelon qui durcit immédiatement à son contact. Leurs regards se croisèrent brièvement et il passa les bras autour d'elle avant de la tourner sur le dos. Sa verge glissa hors d'elle et Jayme gémit.

— Je sais. Je dois retirer la capote. Je reviens tout de suite. Ne bouge pas.

Rocket descendit du lit, mais avant d'aller à la salle de bains, il remonta le drap et la couverture sur le corps de Jayme.

Elle le regarda marcher jusqu'à la salle de bains sans la moindre timidité. Il revint moins d'une minute plus tard et se glissa sous les couvertures, la prenant dans ses bras comme s'il l'avait fait tous les jours au cours des vingt dernières années.

Jayme se blottit contre lui, se sentant complètement à l'aise. Les doigts de Rocket caressaient légèrement son épaule alors qu'ils restaient allongés à ne rien faire, profitant simplement d'être ensemble.

— Rocket ?

— Hein ?

— Merci, lui dit-elle doucement.

Il ne demanda pas pourquoi. Il ne lui dit pas qu'elle n'avait pas besoin de le remercier.

— Je t'en prie, lui répondit-il simplement.

CHAPITRE SIX

Rocket avait oublié ce que c'était de ne pas avoir Jayme à ses côtés. Enfin, pas entièrement, mais il ne voulait pas s'en souvenir. Il était aussi occupé que d'ordinaire par son travail, la différence étant qu'à présent, lorsqu'il rentrait chez lui, il y avait de grandes chances pour que Jayme l'y attende. Elle leur préparait à dîner tous les soirs et sa maison était toujours imprégnée de l'odeur délicieuse des bonnes choses qu'elle confectionnait tous les jours.

Winnie l'avait mise en contact avec un agent immobilier et elle était sur le point de signer les papiers pour le local idéal qui ferait des Délices chauds une réalité. Rocket était ravi pour elle ! Il savait qu'elle aurait du pain sur la planche et que cela signifierait qu'elle passerait moins de temps avec lui, mais la voir s'épanouir en vaudrait la peine.

Ils sortaient maintenant ensemble depuis deux mois... et Rocket avait acheté une bague de fiançailles quelques jours auparavant. Elle était la femme avec laquelle il voulait passer le reste de sa vie. Il attendait simplement le meilleur moment pour lui poser la question.

Même si elle passait toutes les nuits chez lui, elle allait toujours voir sa grand-mère tous les jours pour prendre de ses nouvelles et s'assurer qu'elle ait tout ce dont elle avait besoin et ne se sente pas seule. À présent, c'était samedi et ils passeraient la journée avec Winnie dans sa maison. Son jardin avait besoin d'être entretenu et Rocket s'était volontiers porté volontaire. Et quand ses voisins l'avaient aperçu dehors dans le jardin, ils étaient venus les rejoindre.

Kane Temple, surnommé *Brain* par ses amis et ses coéquipiers, servait dans l'armée et tondait fréquemment la pelouse de Winnie. Aspen, sa petite amie, s'approcha quand elle vit Jayme et Winnie assises sur le porche. Les trois femmes avaient ri et discuté tandis que Brain et lui déblayaient les branches tombées pendant la dernière tempête et nettoyaient le jardin.

Quand ils eurent terminé, ils rejoignirent les femmes. Jayme avait préparé du pain à la banane pour sa grand-mère, et Winnie l'avait gracieusement partagé avec les autres alors qu'ils se détendaient sur son porche.

— Comment se passe le nouveau travail ? demanda Winnie à Aspen.

— Bien. Vraiment bien, lui dit-elle.

Winnie se tourna vers Rocket et sa petite-fille.

— Aspen était dans l'armée. Elle était médecin de combat. Elle en est sortie et travaille maintenant pour une compagnie d'ambulances.

Rocket était impressionné.

— Médecin de combat, vraiment ? demanda-t-il.

Mais c'est le compagnon d'Aspen qui répondit :

— Rattachée à une équipe de Rangers ! les informa-t-il.

Rocket poussa un petit sifflement.

— Quoi ? Je ne comprends pas, demanda Jayme, visiblement confuse.

— Ces médecins sont chargés de fournir des soins médicaux aux soldats blessés sur le champ de bataille, expliqua Rocket. Les Rangers de l'Armée de terre comptent parmi les soldats les mieux entraînés du monde. C'est une force d'élite qui mène des missions militaires spéciales à court terme. Pour être rattaché à l'une de leurs unités, un médecin de combat a pratiquement besoin d'être un Ranger lui-même.

Rocket vit que Brain affichait un sourire fier, mais qu'il n'émit pas le moindre commentaire.

— Je pensais que les femmes n'étaient pas autorisées au front ? demanda Jayme.

— En 2013, l'interdiction pour les femmes de servir au combat a été levée, et en 2015, la première femme est sortie du camp des Rangers. Puis, en 2016, tous les postes au front ont été ouverts aux femmes. Sans mauvais jeu de mots, c'est un combat incessant, mais les choses évoluent lentement, dit Aspen.

— Serait-ce impoli de ma part de demander pourquoi tu es partie ? demanda Jayme. Je veux dire, tu peux ignorer cette question si tu veux. Je suis simplement curieuse.

L'autre femme haussa les épaules.

— Lorsque j'ai intégré l'armée, je m'imaginais pouvoir sauver le monde, faire une différence. Tout le monde n'est pourtant pas prêt à accepter le fait que les femmes peuvent se montrer tout aussi efficaces que les hommes sur le champ de bataille.

— Ce qu'elle ne dit *pas*, c'est que les hommes de l'équipe à laquelle elle était rattachée étaient des trouducs, précisa Brain. Elle est une urgentiste géniale et l'armée a perdu une super toubib quand elle est partie. Cela dit, leur perte est un gain pour Killeen. Elle m'a sauvé la vie il n'y a pas si longtemps.

Le regard d'amour et de respect que Brain décocha à sa petite amie était immanquable.

— Vraiment ? demanda Jayme.

Aspen secoua la tête.

— Tout le monde aurait fait pareil, protesta-t-elle.

— C'est faux ! dit Brain en se tournant vers les autres. Il n'y a pas si longtemps, durant cette tempête tropicale qui a gravement inondé Houston, nous y avons été envoyés pour apporter notre soutien. J'ai été... euh... blessé et je me suis retrouvé à flotter dans l'eau sur le ventre. Aspen a sauté du bateau et m'a tiré vers un endroit sûr, me faisant du bouche-à-bouche jusqu'à ce que je puisse recommencer à respirer tout seul. Puis, quand nous avons été séparés des autres sauveteurs, elle est restée assise avec moi toute la nuit sur les marches d'un porche. Sans elle, je ne serais certainement plus là.

— Incroyable ! s'exclama Jayme.

Rocket dévisagea le couple. Il était assez futé pour réaliser qu'il manquait beaucoup de détails sur ce qui s'était réellement passé, mais l'amour entre Brain et sa compagne était évident.

— Mais vous avez fait quelque chose d'idiot par la suite, n'est-ce pas ? le réprimanda Winnie.

Kane fronça les sourcils.

— Oui.

— Mamichou ! la gronda Jayme.

— Quoi ? demanda Winnie.

— Ce n'était pas poli.

Sa grand-mère souffla.

— Je suis trop vieille pour craindre de blesser les

sentiments de qui que ce soit. Tout le monde commet des erreurs et il est évident qu'ils ont tourné la page.

Rocket n'aurait pas pu la contredire. Il était évident que le couple était fou amoureux. Brain ne pouvait pas passer plus d'une minute sans tourner la tête vers sa compagne pendant qu'ils travaillaient, et à présent, la fierté dans sa voix était évidente.

— Quand même. C'était malpoli, insista Jayme.

— Je suis peut-être vieille, mais je ne suis pas idiote, répliqua Winnie. Qu'ai-je d'autre à faire de mes journées si je ne peux pas regarder par la fenêtre et observer mon quartier ? Il y a eu une semaine environ pendant laquelle Aspen n'est pas passée voir Kane. Tous les autres sont venus lui rendre visite, mais pas elle.

— C'est vrai... Après avoir été blessé, j'ai repoussé Aspen. J'ai pensé qu'elle se porterait mieux sans moi, dit Brain.

— Puis vous vous êtes sorti la tête du cul et avez compris que vous aviez été bête, ajouta Winnie.

Aspen et Brain pouffèrent tous les deux.

— Oui, madame, dit Brain.

— C'est bien. Parce qu'elle me plaît bien, dit Winnie avec un sourire. Je pourrais avoir des voisins odieux et fêtards qui laissent leurs ordures sur le trottoir pendant des journées entières après le passage du camion, mais vous n'êtes absolument pas comme ça.

— Non, dit Aspen avec un sourire, et si vous avez besoin de quoi que ce soit, nous sommes juste à côté, et nous ne mettrons pas plus d'une seconde à venir.

Elle adressa un regard significatif à Jayme.

— Ce de quoi nous sommes très reconnaissants, répondit cette dernière avec gratitude.

— Je ne suis pas encore mourante, protesta Winnie. Je n'ai pas besoin que quelqu'un me colle aux basques en attendant que je passe l'arme à gauche.

Jayme lui tapota la main.

— Personne ne va te coller aux basques, dit-elle en essayant d'arrondir les angles.

— Et toi, qu'est-ce que tu fais ? demanda Brain à Jayme, détournant soigneusement la conversation de la santé de Winnie.

— Pour l'instant, rien, mais je planche sur l'achat d'une propriété et l'ouverture de mon propre business. Une boulangerie.

Rocket s'amusa de voir les yeux d'Aspen s'élargir d'excitation.

— Vraiment ? demanda-t-elle.

— Oui.

— C'est génial ! Je ne suis pas mauvaise cuisinière, mais je suis nulle pour les pâtisseries. Je pense que le monde a besoin de plus de cupcakes !

Les deux femmes se sourirent.

— Dis-lui le nom, dit Winnie à sa petite-fille.

Jayme leva les yeux au ciel, mais elle lui obéit.

— J'ai l'intention de l'appeler *Les Délices chauds*.

— Oh, j'adore ! s'exclama Aspen.

— Merci. Moi aussi. J'ai emménagé ici au Texas quand l'occasion de posséder ma propre boulangerie à Seattle est tombée à l'eau. Je ne savais pas ce que j'allais faire sur le plan professionnel, mais Rocket m'a aidée à voir que simplement parce que les choses ne se sont pas déroulées comme je le voulais à Seattle, cela ne signifie pas que je ne peux pas ouvrir une boulangerie ici.

— C'est bien vrai, dit Winnie.

— Tu vas préparer des gâteaux d'anniversaire ou des commandes pour les gens, ou bien simplement vendre des biscuits, du pain et ce genre de produits ? s'enquit Aspen.

Si Rocket n'avait pas prévu de s'immiscer dans la conversation sur la boulangerie de Jayme, il fut incapable de se retenir :

— Elle pourra prendre des commandes spéciales, mais seulement un nombre spécifique par jour... Disons, environ cinq. Les gens devront prévoir à l'avance et agir vite s'ils veulent être sur sa liste.

Jayme se tourna pour le dévisager d'un air surpris, mais Aspen et Brain hochèrent la tête.

— C'est intelligent : établir une situation dans laquelle les clients ne peuvent pas simplement passer quand ils veulent. Cela créerait une demande pour tes produits et même en faire quelque chose de spécial que les gens se plieront en quatre pour acheter, dit Brain en souriant.

— Exactement, lui dit Rocket.

La conversation embraya sur la dernière sortie de Winnie, la fois où ses amies et elle étaient allées au bar au lieu de se rendre au bingo du centre des seniors. Elles s'étaient beaucoup amusées !

Jetant un regard à Jayme, qui s'était faite taciturne, Rocket vit qu'elle était contrariée. Il savait qu'il avait dépassé les bornes, mais il n'avait pas eu l'intention de l'irriter.

Aspen et Brain restèrent encore pour papoter pendant une vingtaine de minutes avant de prendre congé. Après avoir promis à plusieurs reprises de garder le contact, ils rentrèrent chez eux.

— On devrait probablement y aller aussi, dit Rocket.

Il n'avait rien prévu pour la soirée, mais il avait la sensation que s'il ne crevait pas l'abcès avec Jayme, il allait dormir tout seul, ce qui n'était pas quelque chose dont il avait envie de refaire l'expérience.

Il était accro à Jayme. Il aimait s'endormir en la tenant dans ses bras et adorait aussi la retrouver à ses côtés à son réveil. Il aimait même le fait que si elle avait beau soutenir le contraire, elle n'était pas du matin...

du moins pas avant d'avoir bu deux tasses de café. Il aimait tout d'elle, et l'avoir dans sa maison était un rêve devenu réalité.

Il voyait bien que Jayme avait envie de se disputer et de s'attarder chez sa grand-mère, mais il fallait qu'il lui explique pourquoi il avait tenu ces propos. Cela faisait des semaines qu'il réfléchissait à sa boulangerie et ils avaient même discuté à maintes reprises du business. Il avait envie qu'elle réussisse plus que tout au monde.

Sans un mot, Jayme alla récupérer son sac à main à l'intérieur.

— Vous avez mis les pieds dans le plat, lui dit Winnie qui gardait pourtant le sourire.

— Je sais, admit Rocket.

— Pour être claire, je pense que vous avez eu une bonne idée, mais ma petite-fille a toujours été un peu têtue. Une fois qu'elle a quelque chose dans la tête, elle fonce. Attention, ce n'est pas une mauvaise chose. Cela dit, elle oublie parfois de lever la tête pour voir où elle en est.

Rocket hocha la tête. Il avait remarqué ce trait chez Jayme et c'était une des centaines de choses qu'il aimait à son sujet. La passion qu'elle avait pour la vie était excitante et donnait l'impression de se communiquer à tous ceux qui l'entouraient. Il la protégerait volontiers de tous ceux qui auraient voulu saboter cet enthousiasme ou bien tirer profit d'elle. Il n'aurait aucun problème à faire le méchant, mais elle avait besoin de savoir qu'il serait toujours à cent pour cent de *son* côté.

— Je vous remercie de votre soutien, dit Rocket à Winnie.

— Vous êtes bon pour elle, dit la vieille dame. Je peux repérer un escroc à un kilomètre de distance, mais vous, Rocket Long, n'en êtes absolument pas un. J'ai eu la chance d'être avec mon Steve pendant plus de cinquante ans. J'ai toujours souhaité la même chose pour ma Jayme, et je commençais à penser qu'elle ne trouverait jamais son âme sœur. Mais à la seconde où vous m'avez proposé de m'aider au supermarché, j'ai su que vous seriez bon pour elle.

Les paroles de Winnie comptaient beaucoup pour Rocket, même s'il pensait qu'elle était un peu folle.

— Merci, dit-il d'un ton diplomatique.

Winnie ricana.

— Vous ne me croyez pas et peu m'importe. Je suis juste une vieille dame sénile que vous tentez d'apaiser... et je m'en fiche. Mais je dois dire que je ne rajeunis pas et j'aimerais tenir mon arrière-petit-enfant au moins une fois avant d'aller rejoindre mon Steve.

Rocket cligna des paupières, surpris. Plusieurs années auparavant, il avait songé à avoir des enfants, à devenir père. Au fil du temps, il avait remisé ces désirs au fin fond de son esprit. À présent, l'image de Winnie avec un minuscule bébé dans les bras s'imposa à lui et refusa de le quitter.

Puis il s'imagina le ventre de Jayme qui s'arrondissait pour leur enfant et au lieu de le faire flipper, l'idée s'installa au plus profond de lui.

Il voulait une famille avec Jayme !

Se penchant en avant, Rocket déposa un baiser sur la joue de Winnie et murmura :

— Je suis sur le coup.

— C'est bien, répondit-elle avec un sourire. Oh, et je vous fais savoir que j'ai dit à Jayme que je veux la conduire à l'autel, alors ne vous enfuyez pas pour vous marier, ou un truc de ce genre.

— C'est noté, dit Rocket avec un petit rire.

— Qu'est-ce qui est noté ? demanda Jayme quand elle réapparut sur le porche.

— Que puisque tu as donné mon pain à la banane à d'autres aujourd'hui, tu dois m'en préparer un deuxième, répliqua Winnie du tac au tac.

Jayme leva les yeux au ciel, mais elle sourit.

— Bien sûr, Mamichou. Tu as besoin d'aide pour rentrer ?

— Qu'est-ce que je suis, une invalide ? demanda sa grand-mère. Je peux me débrouiller toute seule ! Je vais rester assise ici encore un peu. Les voisins d'en face vont bientôt rentrer chez eux, et ils passent toujours dire bonjour. Tu le sais.

— Oui, désolée, dit Jayme avant de se pencher pour embrasser Mamichou. Appelle si tu as besoin de quoi que ce soit.

— Je ne le ferai pas même si, dit Winnie.

— Je n'arrive pas à croire que j'ai compris ce que tu viens de dire, dit Jayme avec un petit rire. Je t'aime, Mamichou.

— Je t'aime aussi, mon enfant, répondit Winnie. Ne sois pas trop dure envers lui.

Jayme pinça les lèvres et secoua la tête.

— Je te vois demain.

Rocket ne fut pas surpris que Jayme ne saisisse pas la perche que lui tendait sa grand-mère. Elle attendrait de l'avoir entre quatre yeux pour l'épingler...

CHAPITRE SEPT

Jayme parvint à garder sa colère pour elle jusqu'à ce qu'ils soient revenus chez Rocket. Elle ne lui reprochait pas d'avoir parlé à Aspen et à Brain de sa boulangerie. C'était plutôt que cela donnait l'impression que toutes les idées pour son business émanaient de lui. Certes, il était titulaire d'un diplôme en commerce et avait de très bonnes idées, mais ce n'était pas comme si elle était idiote. Jayme savait qu'elle s'énervait toute seule à propos des paroles de Rocket, mais elle ne pouvait s'empêcher de ressentir la même chose qu'à Seattle. C'était comme si ses idées étaient écartées, car elles étaient moins importantes que celle d'un homme.

Elle ne répondit rien même lorsqu'il lui demanda poliment si elle voulait qu'il fasse griller des steaks ou du poulet pour le dîner.

Mais quand Rocket lui demanda si elle voulait

parler tout de suite ou prendre le temps de se calmer un peu, elle explosa.

— Me calmer ? demanda-t-elle, ébahie. Je n'en crois pas mes oreilles.

Rocket croisa les bras, appuya une hanche contre le comptoir en marbre de sa cuisine parfaite dans sa maison parfaite, et il eut la témérité de lui sourire comme s'il la trouvait amusante.

— Que tu couches avec moi ne te donne pas le droit de contrôler ma vie.

Jayme savait qu'elle en faisait tout un drame, mais son commentaire aux voisins de Mamichou l'avait prise dans le mauvais sens du poil et elle ne pouvait s'empêcher d'y songer.

— Je le sais, dit Rocket calmement.

Pour une raison quelconque, au lieu d'attiser sa colère, cette absence de réaction aida Jayme à tempérer son emportement. Elle passa devant lui et prit un sachet de thé dans le placard.

Rocket tendit le bras et appuya sur le bouton de la bouilloire afin de réchauffer l'eau.

— Va t'asseoir. Je m'en occupe, lui dit-il.

Hochant la tête, Jayme se dirigea vers le canapé. Elle regarda Rocket lui préparer son thé, comme il le faisait tous les soirs. Il avait pour elle tant de petites attentions au quotidien !

Au début, elle n'avait pas été certaine qu'être avec

lui en permanence allait fonctionner sur le long terme. Elle était tellement habituée à vivre seule ! Mais Rocket avait rendu la transition facile. Elle n'avait pas consciemment emménagé avec lui ; elle était plutôt restée après cette première nuit. Elle aimait être avec lui et même glander dans sa baraque quand il était au travail était simplement... bien. Elle passait voir Mamichou tous les jours, mais ensuite, elle revenait pour leur préparer à dîner à tous les deux. Et elle pâtissait... beaucoup ! Elle aimait créer de nouvelles recettes et concoctions pour les faire essayer à Rocket.

Elle lui était également reconnaissante de ne pas s'extasier sur toutes ses créations. Il avait suggéré à plusieurs reprises que quelque chose n'était pas exactement parfait. Qu'un cookie avait besoin de plus de chocolat, de moins de noix ou une chose de ce genre.

Et elle ne pouvait nier à quel point *dormir* dans ses bras sonnait juste.

Jayme n'avait jamais eu de petit ami avec lequel elle avait accroché aussi rapidement.

C'est pourquoi le fait qu'il ait pris des décisions pour sa boulangerie sans en discuter avec elle au préalable l'avait tant dérangée. Ce n'était pas comme si ce qu'il avait dit aux voisins de Mamichou était écrit dans la pierre ou quoi que ce soit. Elle savait qu'elle pourrait faire ce qu'elle voulait avec ses commandes. Que

Rocket se comporte comme si sa parole faisait loi ne la contrariait pas moins pour autant !

Celui-ci revint vers elle et lui tendit une tasse brûlante de son thé préféré : pomme cannelle. Puis au lieu de s'asseoir dans l'immense fauteuil à côté du canapé, il s'installa à côté d'elle.

Pile à côté d'elle. Sa cuisse collait celle de Jayme du genou jusqu'à la hanche.

Elle lui décocha un regard noir et se décala pour mettre un peu d'espace entre eux, mais Rocket bougea avec elle, éliminant la distance qu'elle avait instaurée.

— Rocket, je suis toujours agacée contre toi. Tu peux te décaler ?

— Non, répondit-il sans hésitation. Je sais que tu es en colère, et j'ai envie d'en parler. Je ne veux pas te donner de l'espace parce qu'il n'y a nulle part dans le monde où je préférerais être, à part à tes côtés.

D'accord, c'était gentil... mais Jayme était toujours agacée. Elle souffla et décida de crever l'abcès :

— Très bien. Je travaille toujours aux détails de ma boulangerie. J'ai un business plan de base sur lequel j'ai travaillé à Seattle, mais je n'ai pas décidé de choses comme l'inventaire, les options d'inventaire ou bien ce que je vais faire au sujet des commandes spéciales. Alors, pourquoi dire à Aspen et à Kane que je ne vais prendre que quelques commandes par jour ?

Rocket inspira profondément.

— D'accord. J'ai dépassé les bornes, je le sais, mais je n'avais pas de mauvaises intentions.

Jayme attendit et comme il ne continuait pas, elle haussa les sourcils.

— Et ?

— Je ne me rappelle pas la dernière fois où j'ai été aussi heureux qu'au cours des deux mois qui viennent de s'écouler.

Ses paroles la rassuraient, mais elles n'expliquaient pas pourquoi il avait donné l'impression de s'y connaître mieux qu'elle concernant son propre business.

— Avant que tu entres dans ma vie, je n'avais pas grand-chose à attendre de chaque journée. J'aimais mon travail, j'appréciais mes collègues, j'avais une montée d'adrénaline chaque fois que je découvrais un problème avec un moteur et que je le réparais. Mais tous les jours se ressemblaient. Je me levais, je mangeais un truc pour le petit-déjeuner, je partais au travail puis je revenais, je mangeais un plat tout prêt, puis je bricolais peut-être un peu dans mon garage avant d'aller dormir. Parfois, je sortais avec des amis du travail, mais puisque la plupart ont des familles, c'était rare. Quand j'ai rencontré Winnie à la supérette, elle m'a fourni l'opportunité de ne plus simplement m'ennuyer chez moi.

» Alors, quand je t'ai vue chez Winnie, j'ai eu un

déclic à l'intérieur de moi. Tu étais drôle et magnifique, et je n'ai pas pu m'empêcher de penser à toi dès
le premier jour. Te parler est devenu le point culmi-
nant de mes journées. J'avais hâte de rentrer du travail
afin de pouvoir vérifier mes textos ou t'appeler. Je sais
que ça doit te paraître pathétique, mais c'est la vérité.

— Je suis certaine que tu as eu des rendez-vous, dit
doucement Jayme.

Les paroles de Rocket la touchaient. Elle ne savait
pas ce que sa confession avait eu à voir avec ce qui
s'était passé dans la journée, mais il était quasiment
impossible de rester en colère contre lui quand il se
montrait tellement gentil.

Rocket secoua la tête.

— Pas vraiment. C'est peut-être qu'avec l'âge, je
suis exigeant, mais je n'ai jamais ressenti de lien avec
les femmes que j'ai rencontrées. Certaines avaient trop
envie de se faire entretenir, d'autres n'étaient pas inté-
ressées par quoi que ce soit de sérieux. Il y en avait qui
désiraient simplement du sexe, et d'autres étaient des
connasses qui pensaient que tout homme qui sortait
avec elles aurait dû se mettre à genoux et remercier le
ciel qu'elle soit avec eux. Tu n'étais absolument pas
comme ça. Tu étais timide, un peu maladroite,
nerveuse et ambitieuse. Tu ne cherchais pas de mari...
ni même de rendez-vous.

Jayme ricana.

— Ce n'est pas un portrait très flatteur.

— Ça *l'est*, sourit-il. Crois-moi. Quoi qu'il en soit, je me réveille aujourd'hui en te tenant dans mes bras, en voyant ton sourire, en entendant ton rire, en savourant ta passion pour la vie. Je pars travailler de bonne humeur et quoi qu'il arrive, je sais qu'à la fin de la journée, je vais te retrouver. J'entre dans cette maison et elle me fait songer à un foyer pour la première fois depuis que j'y ai emménagé. Quand je te vois dans la cuisine avec un tablier autour de la taille, je n'arrive pas à croire la chance que j'ai... et pas simplement parce que tu prépares à dîner et me fais des pâtisseries. C'est grâce à *toi*. Tu pourrais me dire que tu ne me cuisineras plus jamais un seul repas et je m'en ficherais, tant que j'ai la certitude de pouvoir te retrouver quand je rentrerai à la maison.

» Et j'aime te voir bosser pour accomplir ton projet d'ouvrir ta propre boulangerie. Je suis si fier de toi que mon cœur peut à peine le supporter. Les Délices chauds va être un succès, je le sais. Comment pourrait-il en être autrement, avec ton enthousiasme et ta ferveur ? Alors... quand Aspen t'a demandé si tu allais prendre des commandes, j'ai eu une vision immédiate de l'avenir. Je t'ai imaginée en train de te lever à 4 heures du matin... pour ne pas rentrer avant 22 heures. Ou bien rester au travail tous les jours parce que tu as d'autres gâteaux d'anniversaire à confectionner. Une fournée de cookies en plus que tu aurais dû préparer afin d'honorer une commande de dernière minute pour un pot de départ en retraite.

» J'ai ressenti une bouffée instantanée de *jalousie*. C'est stupide, je le sais, mais la perspective que tu puisses travailler jour et nuit, que je ne puisse pas passer autant de temps avec toi est douloureuse. Je ne suis pas sexiste. Je sais que je travaille toute la journée et ça ne me pose aucun problème que tu fasses pareil, mais je veux que les soirées soient *à nous*. Je ne sais pas quels horaires d'ouverture tu envisages pour le magasin, mais je ne voudrais pas que tu travailles quatorze heures par jour. Je me suis simplement dit que si tu limitais les commandes, tu pourrais laisser la boutique à ton manager et tes employés, et rentrer à la maison à une heure raisonnable.

» Créer de la rareté est *vraiment* une bonne stratégie marketing. Si les clients savent qu'ils ne peuvent pas simplement passer une commande quand ils en ont envie, la valeur de ce que tu fais augmentera, du moins, je l'espère. Cela étant, oui... j'ai eu tort de m'avancer et bien sûr, tu peux faire tout ce que tu veux avec Les Délices chauds. Mais j'ai dit ça parce que je t'aime et que j'ai envie de passer le plus de temps possible avec toi.

Plus il parlait, plus l'irritation de Jayme s'évaporait. Comment pouvait-elle être contrariée que son petit ami veuille passer du temps avec elle ? Certes, il avait dépassé les bornes en expliquant aux voisins de Mami-chou comment elle allait gérer son business. Mais il avait dit cela par besoin émotionnel... et aussi – elle devait bien l'admettre – à cause de son sens aigu des affaires.

Ses paroles s'échappèrent enfin :

— Tu m'aimes ?

— Plus que j'aurais cru pouvoir aimer quelqu'un, répondit Rocket.

Et soudain, Jayme était contente qu'il n'ait pas laissé d'espace entre eux. Elle reposa son thé sur la table basse et se jeta pratiquement sur Rocket. Il l'attrapa – bien sûr – et la tint fermement contre lui.

— Je t'aime aussi, dit-elle au creux de son cou.

Elle le sentit resserrer les bras autour d'elle avant que ses lèvres ne lui chatouillent l'oreille.

— Assez pour me pardonner d'avoir ouvert ma grande bouche ?

Jayme se recula pour pouvoir le regarder dans les yeux.

— Bien sûr. Il n'y a rien à pardonner. Je vais toutefois te demander, avant d'expliquer à d'autres comment je vais gérer mon business, de m'en parler avant, d'accord ?

— Absolument.

Dieu, elle aimait cet homme ! Elle aurait dû savoir

qu'il n'essayait pas de la contrôler et de prendre des décisions au sujet de sa boulangerie sans son aval. Et force était d'admettre que limiter le nombre de spécialités qu'elle préparerait chaque jour était probablement une bonne astuce marketing. Elle savait qu'elle allait certainement faire comme il l'avait craint : rester au travail jusqu'à ce que tout soit terminé.

— Je ne dis pas que je veux préparer à dîner tous les soirs pour le reste de notre vie, mais pour le moment, notre routine me plaît. J'aime être ici quand tu rentres à la maison. J'ai hâte d'entendre ton pick-up descendre l'allée. Ce n'est pas vraiment une torture de bosser dans ta cuisine.

— Tu pourrais peut-être m'enseigner quelques notions de base. Comme ça, je pourrais faire autre chose que du steak et du poulet grillés.

— Ça te plairait ? demanda Jayme.

— Si tu étais mon professeur, j'adorerais, dit Rocket.

Jayme passa immédiatement en revue des recettes faciles. Elle se doutait que lui apprendre à cuisiner serait amusant.

— C'est d'accord.

— Peut-être pas tout de suite, répondit Rocket en baissant la tête pour léchouiller le côté de son cou avant de la mordiller tendrement.

— Non ? Tu as autre chose en tête ? lui demanda Jayme avec un immense sourire sur le visage.

— Peut-être, dit Rocket, mais si tu es fatiguée ou encore en colère contre moi, on n'est pas forcés.

— Je ne suis pas fatiguée ni irritée par toi, dit Jayme en écartant les jambes alors que la main de Rocket passait de son genou à l'intérieur de sa cuisse.

Soudain, il se redressa et se pencha pour la faire basculer sur son épaule.

Jayme poussa un cri hilare et s'appuya sur les fesses de Rocket avec les mains tandis qu'il la portait en haut des escaliers.

— Ne me laisse pas tomber ! s'exclama-t-elle.

— Jamais, jura Rocket.

Une heure plus tard, Jayme était étendue dans le lit, se sentant complètement vidée. Rocket s'était surpassé, lui montrant exactement à quel point il l'aimait. Elle avait joui deux fois et il lui avait fait l'amour dans plus de positions qu'elle avait pu les compter. Elle ne savait pas comment il avait réussi à tenir aussi longtemps avant de perdre le contrôle et de jouir profondément en elle.

Ils avaient récemment cessé d'utiliser des préservatifs et elle prenait la pilule. Elle appréciait qu'il n'ait pas à se retirer après avoir fait l'amour. Elle n'aurait jamais cru que Rocket était du genre à aimer les câlins, mais après avoir joui, il la serrait toujours fort et la tenait contre son cœur battant, caressant avec le bout de son nez la peau sensible de son cou alors qu'ils laissaient retomber la tension ensemble.

Elle était présentement étendue sur sa poitrine, la verge ramollie de Rocket encore à l'intérieur de son corps, profitant de ce moment post-coït, lorsque son estomac gronda, déchirant le silence.

Le ricanement de Rocket fit glisser sa verge hors de son corps et Jayme leva la tête avec une contrariété feinte, ce qui ne fit qu'attiser son hilarité.

— Désolé, mon amour, je ne me moquais pas de toi, dit-il.

Elle aimait qu'il l'appelle « mon amour », mais elle plissa le nez.

— Euh, je ne suis pas d'accord. Tu es vraiment en train de rire de moi, contra Jayme.

— D'accord, j'admets. Tu es simplement trop adorable. Reste ici, ordonna-t-il en la soulevant aussi facilement que d'ordinaire avant de se libérer de son corps.

— Où vas-tu ? bouda-t-elle, contrariée de devoir mettre fin à leurs câlineries.

— Chercher à dîner, dit tranquillement Rocket.

— Je ne suis pas sûre de vouloir de steak pour le moment, lui dit Jayme.

Elle était très sérieuse, puisque c'était tout ce qu'il savait préparer.

— Pas de steak. Crois-moi. J'ai envie de revenir le plus vite possible auprès de ton corps nu. Je reviens tout de suite.

Jayme le regarda se rendre jusqu'à son placard d'un pas vif. Au cours des deux derniers mois, la plupart des vêtements de Jayme avaient migré dans le placard et les tiroirs de Rocket. Jusqu'alors, elle les avait conservés dans une valise jusqu'à ce que Rocket désigne trois tiroirs et lui dise : « J'ai déplacé mes affaires pour que tu puisses t'installer. »

Il n'en avait pas suffi davantage.

Il enfila seulement un boxer puis la salua légèrement du menton avant de sortir de la chambre.

Retombant sur le matelas avec un soupir, Jayme fixa le plafond. L'amour qu'elle ressentait pour Rocket était presque effrayant. Certes, il était parfois un peu irritant, mais elle savait qu'elle non plus n'était pas tout le temps facile à vivre. Elle se disait qu'ils avaient tous les deux bien réussi à vivre ensemble après avoir été célibataires pendant aussi longtemps.

Au-dessus de sa tête, le ventilateur tournait paresseusement, un mouvement hypnotisant... Et soudain, elle se réveilla en sursaut quand Rocket revint dans la pièce. Elle ne savait pas combien de temps elle avait somnolé.

S'asseyant, elle le regarda s'approcher du lit, une grande assiette à la main. Calant des oreillers derrière elle et remontant le drap pour couvrir sa nudité, elle sourit quand Rocket déposa son fardeau sur les couvertures et s'installa à côté d'elle.

Il se pencha et l'embrassa avant de désigner l'assiette.

— J'ai préparé un de ces plateaux de hors-d'œuvre.

Il avait coupé du fromage, tranché du saucisson sec, avait ajouté du raisin, du cantaloup, de la pastèque et des olives noires. Il avait aussi entouré le tout de crackers au fromage.

— C'est un plateau de charcuterie ! s'exclama Jayme en riant.

Rocket haussa les épaules.

— Si tu veux l'appeler comme ça, oui. J'espère que ça te convient.

Jayme se tourna immédiatement vers lui.

— C'est parfait. Merci.

— Ce n'est pas digne de la grande chef Jayme Caldwell, mais je vais m'améliorer.

— Tu ne peux pas t'améliorer, lui dit-elle sérieusement. Tu es déjà parfait.

— Absolument pas, mais je vais faire de mon mieux pour essayer de ne jamais te décevoir.

— Ça n'arrivera pas, murmura Jayme.

— Si, bien sûr, répliqua Rocket. Et je m'excuserai et te promettrai toujours de faire des efforts. Comme je l'ai fait aujourd'hui.

— Je t'aime, lui dit Jayme.

— Et je t'aime aussi.

Rocket prit l'assiette et la posa en équilibre sur ses genoux, passant un bras autour de la taille de Jayme et l'attirant contre lui.

— Qu'est-ce que mademoiselle veut essayer en premier ?

Éclatant de rire, Jayme prit un raisin et le lui fourra dans la bouche. Elle ne savait pas ce que l'avenir leur réservait, à Rocket et à elle, mais elle croisait les doigts pour qu'ils soient toujours aussi heureux qu'en cet instant. Elle ne voulait pas s'endormir en colère et elle était contente qu'il ait insisté pour qu'ils dialoguent dès leur arrivée à la maison.

Elle avait besoin de cet homme dans sa vie… et elle était vraiment reconnaissante que Winnie les ait mis en contact.

CHAPITRE HUIT

Appuyé contre le mur des Délices chauds, qui ouvrirait sous peu, Rocket sourit en regardant Jayme donner des instructions au contractant qu'elle avait engagé. L'acquisition de son magasin s'était déroulée sans heurts trois semaines auparavant et elle ouvrirait sa boulangerie après Noël. Elle s'était affairée à contracter des fournisseurs, à faire sa pub et à concevoir la boutique exactement comme elle le voulait.

Ravi par l'enthousiasme de Jayme, il avait juré mentalement de faire tout son possible pour s'assurer de le cultiver. Elle avait fait passer plusieurs entretiens plus tôt dans la matinée et lui avait dit qu'elle était quasiment prête à décider qui embaucher. Rocket avait pu quitter le travail un peu plus tôt pour pouvoir l'emmener dîner afin de célébrer son travail acharné.

Thanksgiving était derrière eux et ces derniers

temps, elle avait travaillé extrêmement dur. Il voulait lui offrir le temps de s'asseoir et de se détendre. Rocket ne put s'empêcher de sourire quand il repensa à la nuit où elle avait signé les documents administratifs pour le magasin. Elle avait plané sur son petit nuage et il ne se rappelait pas avoir autant souri et ri en faisant l'amour.

Jayme était la femme dont il avait rêvé durant ses journées de solitude. Quand il avait songé au genre de personne avec laquelle il voulait passer sa vie, c'était elle. Elle ne laissait pas les choses l'abattre et se montrait toujours optimiste, de bonne compagnie, sensuelle et prévenante. Rocket avait beaucoup de chance... et il le savait. Il voulait être son roc, la personne vers laquelle elle se tournait quand elle était heureuse, triste, effrayée. Il voulait être tout pour elle.

Alors il avait parlé à son patron et avait obtenu un après-midi de libre pour pouvoir être présent quand Jayme verrait l'entrepreneur. Celui-ci avait déjà bien avancé et ils en étaient tous les deux satisfaits. Jayme discutait à présent de la deuxième phase de sa vision pour la boulangerie.

Tournant les yeux vers lui, elle accrocha son regard et lui adressa un sourire que Rocket lui rendit. Il attendait qu'elle achève d'expliquer avec enthousiasme ce qu'elle voulait et à quel endroit, ainsi que les couleurs qu'elle voulait intégrer.

Vingt minutes plus tard, l'entrepreneur dit qu'il lui

ferait des croquis dans la semaine pour qu'elle puisse les regarder. Elle lui serra la main et vint rejoindre Rocket alors que l'homme s'en allait. Elle entra dans son espace personnel et posa la tête sur sa poitrine.

— Heureuse ? demanda-t-il en la prenant dans ses bras.

— Extrêmement, répondit Jayme.

Pourtant, étrangement, elle sortit de son étreinte et se dirigea vers la porte.

Redressant l'échine et se demandant ce qui n'allait pas, Rocket la regarda fermer la porte d'entrée et revenir vers lui.

Quand elle fut suffisamment proche, Jayme le prit par la main et commença à l'entraîner vers l'arrière du local, dans l'espace cuisine. Fronçant les sourcils, Rocket demanda :

— Ça va, mon amour ?

— Ça va super, dit-elle d'un ton enthousiaste en s'arrêtant devant l'immense comptoir qu'elle avait fait installer.

Il était assez grand pour que plusieurs personnes puissent étaler de la pâte en même temps. Un employé pourrait décorer un gâteau d'un côté, tandis que quelqu'un d'autre préparerait des biscuits, des cupcakes ou une autre spécialité. C'était du marbre gris et Rocket ne put s'empêcher d'être flatté de voir que c'était le même comptoir que dans sa propre cuisine. Jayme lui avait dit qu'elle aimait tellement sa cuisine qu'elle ne voyait rien de mieux que de copier ce design ici, dans son magasin.

Elle sauta sur le comptoir et l'invita d'un mouvement de l'index.

— T'ai-je dit, dernièrement, à quel point j'apprécie que tu m'aides à faire tourner ma boulangerie ?

— Oui, lui dit Rocket. Et même si on fait tous les deux confiance à ton entrepreneur, la perspective de te laisser seule ici avec lui ne me rassure pas entièrement.

— Rocket, il doit avoir 65 ans ! Je ne me suis pas dit qu'il allait me sauter dessus pendant que je lui expliquais ce que je voulais pour la partie publique de mon magasin.

— Peu m'importe, dit Rocket.

Et c'était vrai ! Il ne pensait pas que cet homme aurait fait le moindre mal à Jayme, mais il ne voulait pas non plus courir le risque.

— En plus, je voulais simplement passer du temps avec toi aujourd'hui. J'ai l'impression que nous n'en avons pas eu beaucoup ces derniers temps.

— Je sais, dit Jayme en l'attirant vers elle.

Elle écarta les jambes et noua ses chevilles derrière ses reins.

— Toi aussi, tu as travaillé très dur. Tout va bien ?

— Absolument. Plusieurs unités sont prêtes à être déployées après les vacances et on a fait des heures supplémentaires pour être certains que leurs hélicos soient au top.

— Je suis fière de toi, dit Jayme.

Et Rocket sentit sa poitrine se gonfler.

Il aimait la rendre fière. C'était bon.

— Alors ? Tu avais quelque chose à l'esprit quand tu m'as entraîné ici ?

Elle afficha un large sourire.

— Peut-être, dit-elle avec une fausse timidité.

Rocket *adorait* la voir ainsi. Il la désirait à peu près chaque minute de chaque jour, mais il fit de son mieux pour maîtriser sa libido afin de ne pas l'accabler. En général, elle ne faisait pas le premier pas en matière de sexe, mais le cas échéant, c'était toujours extraordinaire.

— Ici ? demanda-t-il pour s'assurer qu'elle se sente à l'aise.

Ils avaient déjà fait l'amour dans le local, mais c'était juste après qu'elle eut acheté le bâtiment, quand il n'y avait rien d'autre à l'intérieur que des toiles d'araignée et quelques meubles disparates.

— J'ai envie de penser à toi chaque fois que je serai ici. Quand je glace un gâteau, j'ai envie de penser à tes mains sur moi. Lorsque j'étalerai la pâte pour du pain fait maison, je veux me souvenir de la lueur dans tes yeux quand tu as joui. Alors oui, Rocket. Ici.

— Oh, je t'aime, dit-il avec révérence.

Puis il saisit immédiatement l'ourlet de son chemisier et le fit passer au-dessus de sa tête.

Jayme rit et s'appuya en arrière sur ses mains, poussant la poitrine en avant. Rocket était ravi de voir qu'au fil des mois, elle avait perdu beaucoup de sa timidité en sa présence. Il adorait son apparence et s'efforçait de le lui dire tous les jours.

Elle retira les jambes de sa taille et les écarta le plus possible avant de se rallonger sur le marbre froid.

— On dirait un festin préparé juste pour moi, plaisanta Rocket.

Jayme rit et leva la tête.

— Juste pour toi. Pour toi seul, lui dit-elle.

Rocket déboutonna rapidement son jean et ouvrit la fermeture éclair. Il lui arracha son jean et sa culotte, et le rire de Jayme se transforma en gémissement quand il lui souleva les fesses et baissa la tête.

Une heure et demie plus tard, ils étaient sur le chemin de la maison. Rocket se disait qu'il n'avait jamais été aussi heureux et contenté. Il avait l'impression que la bague qu'il avait achetée plusieurs mois auparavant brûlait dans sa poche. Depuis qu'il se l'était procurée, il avait voulu demander cent fois à Jayme de l'épouser, mais il souhaitait également faire de cette demande un moment dont elle se souviendrait toujours. Et il n'avait pas été capable de trouver une occasion qu'il juge opportune.

Il détestait sa légère insécurité, mais il ne voulait pas que la moindre partie de leur relation la déçoive. Il voulait lui donner une histoire qu'elle pourrait transmettre à leurs enfants.

Des enfants... Dieu, il voulait voir ses beaux yeux bleus chez une de leurs propres filles. Il espérait que leurs enfants héritent de son sourire, de son nez, de sa couleur de peau. Il les aimait déjà plus qu'il aurait pu le dire, et ils n'avaient même pas fait grand-chose de plus que de discuter du fait qu'ils voulaient des enfants... un jour.

— Rocket ? demanda-t-elle.

— Oui, ma chérie ?

— Merci d'avoir cru en moi.

— Toujours, lui répondit-il avec ferveur.

— Je sais que le local coûte une fortune et l'argent que je dépense pour rénover les choses afin de les adapter à ma vision est mirobolant. Ça signifie tout pour moi que tu ne m'aies jamais dit, ne serait-ce qu'une fois, que je suis ridicule, que je devrais peut-être me montrer plus sage le temps de voir si la boulangerie va être un succès.

Rocket lui prit la main et la tint fermement.

— D'une part, si tu t'étais donnée simplement à moitié dans ton business, les gens l'auraient remarqué et ne t'auraient pas prise autant au sérieux. Et de deux, tu n'es absolument pas ridicule. C'est ton argent que tu as économisé pendant longtemps. Je serais vraiment un connard si je commençais à te dicter comment dépenser ton fric. Et de trois, il n'y a pas de « si ». Les Délices chauds va être un grand succès. Tu veux savoir comment je le sais ?

— Comment ? demanda-t-elle, les larmes aux yeux.

— Parce que j'ai mangé tes pâtisseries et elles sont phénoménales. Tous ceux qui commanderont quelque chose dans ta boutique deviendront des clients fidèles. Je te prédis que dans les six mois après l'ouverture des portes, toutes tes commandes spéciales auront des listes d'attente de plusieurs mois. Tu vas devoir embaucher plus de personnes pour t'aider et tu pourras peut-être même penser à élargir ton commerce.

— Je ne peux pas prédire l'avenir, dit-elle en laissant couler ses larmes, mais la confiance que tu m'accordes signifie tout pour moi.

Rocket leva la main et essuya délicatement une de ses larmes.

— *Tu* signifies tout pour moi, dit-il simplement. Maintenant, arrête de pleurer, sans quoi tu vas me donner un complexe. Je viens de te faire jouir trois fois, et *j'*ai joui tellement fort que j'ai vu des étoiles. J'ai envie de rentrer à la maison, te préparer une tasse de thé et discuter de notre programme pour les semaines à venir. Brain et Aspen nous ont invités à passer un week-end avec leur groupe pour célébrer les vacances en leur compagnie. Tes parents ont parlé de venir te rendre visite au Texas, et je devrais probablement inviter les miens aussi. Puis Winnie voudrait aussi faire une fête pour ses copines. Je suis certain que tu voudras préparer quelque chose pour tous ces événements, alors il faut qu'on organise tout ça.

Le temps qu'il finisse de parler, Rocket vit que Jayme s'était ressaisie. Il aimait la voir tout émue, mais il détestait la voir pleurer. Il savait que parler des fêtes qui les attendaient pendant les vacances lui changerait les idées, et il sourit quand elle hocha la tête et tendit immédiatement la main vers son téléphone. Les semaines qui venaient allaient être mouvementées, mais il ne pouvait pas être plus heureux.

Il avait toujours passé les vacances seul, et à présent que Jayme était entrée dans son monde, son calendrier n'avait jamais été aussi plein. Il n'aurait pourtant absolument rien changé à sa vie, surtout si cela avait signifié ne pas avoir Jayme à ses côtés.

CHAPITRE NEUF

Jayme était parfaitement heureuse. Les Délices chauds devait ouvrir le 2 janvier. C'était le 23 décembre, et elle était à la maison de Mamichou pour préparer un énorme repas de Noël. Au cours des semaines précédentes, Rocket et elle avaient participé à bon nombre de fêtes. Elle avait préparé des biscuits, des gâteaux, du pain, des pâtisseries et des tartes. Elle avait même fait un gâteau aux fruits à la demande de Mamichou.

Ses parents avaient pris l'avion pour passer quelques jours à apprendre à connaître Rocket et voir ce qui se passait dans la vie de leur fille. Ils s'étaient extasiés devant sa boulangerie et lui avaient dit qu'ils étaient très fiers d'elle. Même les parents de Rocket étaient venus. Il n'était pas aussi proche de sa famille, mais après coup, il avait dit que c'était bon d'avoir au moins fait l'effort de reprendre contact avec eux.

Ils s'étaient joints aux voisins de Mamichou à l'occasion d'une grande fête, et Jayme avait vraiment aimé apprendre à connaître tous les amis d'Aspen et de Kane. Tous les hommes étaient super forts et musclés, et elle adorait les voir se montrer aussi aimants avec leurs compagnes.

Dans l'ensemble, décembre avait été formidable, mais Jayme était prête à se terrer pendant quelques jours, juste en compagnie de Rocket. Ils avaient été tellement occupés qu'ils n'avaient guère eu de temps pour rester tous les deux. Après ce dernier dîner, ils avaient décidé que jusqu'au 27, ils resteraient ensemble et ne feraient rien d'autre.

Ni l'un ni l'autre n'iraient travailler. Pas de visite à Mamichou (même si Jayme lui téléphonerait tous les jours pour s'assurer qu'elle aille bien) et surtout, elle ne devrait pas penser à tout le travail qu'il lui restait à faire si elle voulait ouvrir Les Délices chauds le 2 janvier. Ils resteraient seuls, appréciant leur compagnie mutuelle et se sentant aimés.

Mais en premier lieu, ils fêteraient Noël avec Mamichou.

Rocket avait été appelé pour réparer d'urgence un des hélicoptères et il s'était excusé cent fois avant que Jayme ne finisse par le chasser de la maison.

— Plus vite tu y vas, plus vite tu seras revenu, lui avait-elle dit.

— Merci de ta compréhension, dit-il.

— Bien sûr. Il y aura des moments où j'aurai probablement besoin de passer en catastrophe à la boulangerie durant mes congés. En outre, même si tu as fait de gros progrès en cuisine, tu serais dans mes pattes. Vas-y, et quand tu reviendras, il y aura un bon dîner de Noël qui t'attendra.

— Je t'aime, avait dit Rocket en se penchant pour l'embrasser sur le front.

— Je t'aime aussi.

À présent, Mamichou et elle discutaient avec enthousiasme du nouveau cours de Jazzercise que la vieille dame avait intégré au club du coin. C'était pour les seniors et ils étaient tous assis sur des chaises pendant qu'ils se trémoussaient sur de la musique.

— Je crois que tu devrais m'accompagner, une fois, dit Mamichou.

Jayme leva les yeux au ciel.

— Je ne crois pas.

— Ça va être amusant.

Jayme et sa grand-mère avaient une vision très différente de l'amusement, mais pour qu'elle lui lâche les baskets, elle répondit :

— J'y penserai.

Mamichou se tourna vers elle, les mains sur les hanches.

— Tu mens. Tu dis ça simplement pour me faire taire.

Jayme ne put s'empêcher d'éclater de rire.

— C'est vrai. Et ça marche ?

— Non, se plaignit Mamichou.

Jayme ricana à nouveau.

— Tu veux bien me passer le lait ?

Mamichou fronça les sourcils.

— Du lait ?

— Tu sais, la substance qui provient des vaches ? J'ai décidé de doubler cette recette de biscuits parce que je veux m'assurer que tu en aies assez pour tenir jusqu'à mon prochain passage.

— Seigneur, mon enfant, combien de cookies penses-tu que je suis capable d'engloutir ? demanda Mamichou.

— Je te connais, Mamichou, dit Jayme. Tu vas t'ennuyer et tu voudras nourrir Aspen et Kane. Puis tu appelleras une amie pour que vous vous voyiez. Tu vas donner des cookies à l'employé qui vient te livrer le courrier et à toute autre personne que tu rencontreras. Je veux juste m'assurer que tu en aies suffisamment.

Sa grand-mère rit.

— D'accord, d'accord. Je te l'accorde, mais sérieusement, je pense que je tiendrai quatre jours, pendant que Rocket et toi resterez cloîtrés chez lui.

Jayme rougit, mais elle se tourna pour couler un

regard à sa grand-mère.

— Pourquoi essayes-tu de me convaincre de ne pas doubler ma fournée de cookies ?

Mamichou brandit la bouteille de deux litres de lait... vide.

— Parce qu'on n'a plus de lait.

— Oh, zut ! dit Jayme d'une voix consternée.

Elle regarda sa montre.

— La supérette en bas de la rue est toujours ouverte. Je vais faire un saut et en acheter une autre bouteille.

— Pourquoi ne pas aller frapper chez Kane ?

— Parce que j'ai besoin de bien plus qu'une tasse, rétorqua Jayme en se rendant au lavabo pour se laver les mains. Les pommes de terre écrasées en auront probablement besoin d'une goutte supplémentaire une fois qu'elles auront refroidi un peu, et Rocket aura peut-être envie d'en boire un verre avec son dîner. Je ne serai pas longue.

— Rocket devrait revenir bientôt. Tu peux lui envoyer un texto et lui demander d'en acheter au passage, dit Mamichou.

— Je n'ai pas envie de l'embêter. Ça ne prendra que dix minutes environ, répondit Jayme d'un ton jovial. Touille la sauce pendant mon absence. Et jette un œil à la dinde. Tu n'as pas encore besoin d'ôter le papier alu, mais simplement de jeter un œil.

— Je sais cuisiner, mademoiselle, répliqua sa grand-mère d'un ton un peu bourru. Qui c'est qui t'a appris, hein ?

Jayme se pencha et embrassa Winnie sur la joue.

— C'est toi. Et d'accord, je reviens tout de suite. Je t'aime.

— Je t'aime aussi, dit sa grand-mère alors que Jayme prenait les clés de la voiture que Mamichou possédait encore, mais ne conduisait plus très souvent.

Dix minutes plus tard, Jayme se mordit les doigts de n'avoir pas suivi les conseils de sa grand-mère et de ne pas avoir envoyé un texto à Rocket au lieu de passer elle-même à la supérette.

Rocket était soulagé que le problème au travail n'ait pas été terriblement difficile à résoudre. Il était un peu agacé qu'ils l'aient dérangé, mais il n'en dit rien au capitaine qui l'accueillit quand il arriva au garage. Il était reconnaissant d'avoir un travail qu'il aimait, même si cela signifiait qu'il passait plus de temps loin de sa compagne qu'il l'aurait voulu.

Il se rappela qu'après l'ouverture des Délices

chauds, Jayme et lui auraient encore moins de temps à se consacrer mutuellement, même si elle avait décidé de fermer les portes à 14 heures tous les jours. Elle ouvrirait à 5 heures du matin et elle préparerait les commandes du lendemain en fin d'après-midi. Elle avait prévu d'être à la maison pour le dîner presque tous les jours, et au moins, ils passeraient tous les soirs ensemble.

Enfin, c'était ce qui était prévu, et Rocket savait que lorsque sa boulangerie gagnerait en popularité, elle aurait probablement besoin de revoir ses horaires. Et puis elle pourrait toujours embaucher plus de personnel qui resterait au magasin alors qu'elle rentrerait chez elle. Il allait simplement falloir qu'il lui donne une bonne raison de vouloir rentrer à la maison tous les après-midi au lieu de travailler tard.

Il sourit en s'engageant dans l'allée de Winnie et quelques instants plus tard, il frappait à sa porte avant d'entrer. L'intérieur de la maison sentait vraiment bon et son estomac se mit immédiatement à rugir. Il ne s'était pas encore habitué à manger aussi bien qu'il le faisait depuis sa rencontre avec Jayme. Elle avait beau soutenir que la pâtisserie était sa prédilection, elle était également très bonne cuisinière.

— Bonjour, Winnie, dit-il en entrant dans la cuisine et en voyant la grand-mère de Jayme debout près de la cuisinière.

— Salut, Rocket. Tout va bien au travail ?

— Oui. Où est Jayme ?

— Elle a décidé que j'avais besoin de vingt-huit douzaines de cookies au lieu d'une seule, et on s'est retrouvées à court de lait. Alors elle a fait un saut à la supérette pour en acheter plus.

— Pourquoi ne m'a-t-elle pas envoyé un texto pour que j'en prenne au passage ? demanda Rocket en fronçant les sourcils.

Winnie éclata de rire.

— C'est ce que je lui ai dit de faire, mais elle a dit que ça ne prendrait que quelques minutes.

— D'accord. Je vais à sa rencontre, dit Rocket.

— Je suis sûre qu'elle sera vite revenue, protesta Winnie en regardant l'horloge accrochée au mur de la cuisine. Elle est partie il y a quelques minutes seulement.

— Si je la croise, je ferai demi-tour et la suivrai jusqu'à la maison, dit Rocket.

Il ne savait pas pourquoi il ressentait le besoin pressant de se rendre au magasin. Elle lui avait manqué, mais c'était toujours le cas pendant qu'il travaillait.

— Faites attention, dit Winnie en retournant vers la porte d'entrée.

— C'est promis.

Rocket regagna sa voiture au pas de course et s'engagea dans la rue qui menait à la petite supérette à l'entrée du quartier de Winnie. Il y avait quelques voitures sur le parking et il repéra sa vieille Buick.

Il sortit de son véhicule et se dirigea vers la porte, ayant hâte de lire la surprise – et probablement un peu d'irritation – sur le visage de Jayme quand elle le verrait. Il savait qu'elle aimait qu'il prenne soin d'elle, mais il n'en avait pas moins conscience que ne pas attendre qu'elle revienne du magasin était légèrement exagéré. Pour sa défense, il attendait avec impatience leur week-end de quatre jours. Il avait hâte de l'avoir pour lui tout seul pendant des semaines, et il rageait que son travail lui ait fait perdre du temps qu'il aurait pu passer avec elle.

Songeant à la réaction de Jayme quand il ouvrit la porte de la petite supérette, il mit un moment à comprendre ce qu'il se passait.

Trois hommes, tous vêtus de noir, se tournèrent pour le regarder. L'un d'eux braquait un pistolet sur l'adolescent derrière le comptoir. Un autre se tenait près d'un groupe de clients dans un des rayons, et un troisième était plus près du fond, aux abords de Jayme et des réfrigérateurs.

Les hommes avaient l'air d'être des ados ou de jeunes adultes. Ils portaient des bandanas sur le visage, mais pas de gants.

— Merde ! s'écria le type dans le rayon.

Rocket était en mouvement avant qu'il ne puisse réfléchir consciemment. Il n'avait d'yeux que pour une seule personne. L'homme au pistolet se tenait près de Jayme. Le mec au comptoir était plus proche, mais il ne songea même pas à essayer de le tacler. Il s'agenouilla derrière un comptoir et se dirigea vers Jayme. C'était stupide, il le savait, mais quelque chose dans son cerveau avait court-circuité. Il songeait seulement à retourner auprès de la femme qu'il aimait.

Un coup de feu résonna et des cris déchirèrent le silence du petit magasin. Il entendit d'autres jurons ainsi que des étagères qu'on renversait et des objets qui tombaient à terre. Mais Rocket ne regarda pas autour de lui. Il restait simplement concentré sur Jayme.

Il parvint à l'arrière du rayon et regarda le malfrat qui se dressait près de Jayme. Il s'était tourné vers le groupe de femmes qui criaient à l'avant du magasin. Rocket en déduisit que le groupe avait bondi sur un des malfrats. Une alarme résonna à travers le magasin, déclenchée de toute évidence par l'employé. Le troisième homme armé poussa un juron et s'enfuit par la porte à toutes jambes.

Le magasin était plongé dans le chaos absolu et Rocket craignit que le braqueur le plus proche de Jayme se mette à tirer pour essayer de reprendre le contrôle. Il n'y avait pas plus tôt pensé que l'homme leva la main qui tenait l'arme.

Le cœur de Rocket cessa presque de battre dans sa poitrine quand le malfrat se tourna vers Jayme. Sa main tremblait comme s'il était terrifié, mais avant que Rocket ne puisse agir, un éclair de lumière émergea du canon du pistolet.

Rocket bondit sur lui. Ils s'écrasèrent tous les deux sur le carrelage et le pistolet rebondit plus loin quand le jeune homme le lâcha. Sans hésitation, Rocket lui donna un coup de poing. Puis deux. Puis trois. L'homme avait osé braquer une arme sur Jayme. Il lui avait tiré dessus. Il ne pouvait pas espérer s'en sortir vivant ! Pas devant lui !

Sous lui, l'homme se débattait, mais il n'était pas à la hauteur de la taille, de la force et de la colère de Rocket.

— Rocket ! Arrête ! Il a perdu connaissance.

Il enregistra à peine ces paroles. Il sentait l'adrénaline courser à travers ses veines et ne parvenait pas à retirer de son esprit l'expression de terreur absolue sur le visage de Jayme.

Ce n'est que lorsqu'il sentit une main sur le côté de son visage – un contact qu'il reconnaissait du fond de son âme – qu'il s'arrêta, le poing à moitié levé et prêt à s'abattre à nouveau sur le visage de ce connard.

— Rocket, je vais bien. On va tous bien.

Quand il leva les yeux, Rocket vit que sa Jayme le

considérait avec un mélange d'inquiétude et de terreur.

Il n'en fallut pas davantage. Il se détourna du malfrat qui était allongé à terre sans connaissance et tira Jayme vers lui. Elle se laissa faire sans hésitation, sans la moindre arrière-pensée, s'appuyant contre lui comme si elle aurait souhaité s'immiscer sous sa peau pour ne faire plus qu'un avec lui.

Il leva un genou et se laissa glisser à côté de l'homme qu'il venait de battre avant de retomber sur les fesses, serrant toujours Jayme contre lui.

— Je vais bien, marmonna-t-elle contre son cou. Je vais bien.

Rocket était incapable de parler. Il y voyait à peine, seulement capable de ressentir. Les choses auraient pu se terminer autrement. Ses propres actes auraient pu faire tuer Jayme, mais il n'avait pas pu se retenir de courir vers elle. Il était quasiment arrivé trop tard ! Il aurait pu la perdre avant même qu'ils commencent à vivre ensemble.

Vaguement, Rocket entendit des gens se déplacer autour de lui. Quelqu'un avait trouvé une corde et était en train d'attacher l'homme qu'il avait maîtrisé. Une autre personne était au téléphone avec les urgences. Mais Rocket était toujours incapable de bouger. C'était comme s'il était paralysé. Clignant des paupières, il vit que la vitre du frigidaire était brisée et que des éclats de verre parsemaient le sol autour d'eux. Pas très loin, une femme pleurait toutes les larmes de son corps en se faisant réconforter par un autre client. C'était le chaos... et tout ce qu'il était capable de faire était de rester assis là et de sentir le cœur de Jayme battre contre sa poitrine. Il n'avait jamais rien ressenti de meilleur de toute sa vie.

Durant son temps dans la Marine, il avait parfois eu peur. À plusieurs reprises, le navire sur lequel il se trouvait avait dû se préparer à la menace d'une attaque par missiles, mais au final, rien ne s'était jamais produit. Cela ne signifiait toutefois pas qu'ils n'avaient pas été terrifiés en attendant que l'alerte s'arrête.

Mais il n'avait jamais encore connu la peur qu'il avait ressentie quelques instants auparavant. La plus grande frayeur de toute sa vie avait été de voir un pistolet braqué sur Jayme. Il ne pouvait pas vivre sans elle. À présent qu'il l'avait trouvée, Rocket savait sans l'ombre d'un doute que la perdre l'aurait détruit. Elle était la meilleure partie de lui, et il le savait très bien.

— Rocket ?

Il l'entendit prononcer son nom, mais tout ce dont il fut capable fut de secouer la tête et d'enfoncer le nez plus profondément dans la peau veloutée entre son épaule et son cou. Ses épais cheveux lui caressaient le visage, mais peu lui importait.

— Tu me fais mal, murmura-t-elle.

Il desserra immédiatement son étreinte et se recula pour la regarder. C'est la seule chose qu'elle aurait pu dire pour lui faire lâcher prise. Il ne lui aurait jamais fait de mal. Il aurait préféré mourir.

La première chose qu'il vit était que les pupilles de Jayme étaient dilatées et avaient doublé de volume. Son visage était pâle et elle fronçait les sourcils. Puis il vit le sang. Il n'y en avait pas beaucoup, juste une petite traînée de sang rouge vif qui coulait le long de sa tempe.

— Tu saignes, murmura-t-il, conscient qu'elle était probablement en état de choc.

Jayme leva une main pour s'essuyer le visage, mais Rocket l'arrêta avant qu'elle ne puisse se toucher.

— C'est grave ? demanda-t-elle.

— Non.

C'était vrai, mais voir une goutte du sang de Jayme suffisait à le terrifier.

— Je pense que quand la vitrine a explosé, j'ai dû être touchée par du verre, dit-elle doucement.

— On ne t'a pas tiré dessus ? demanda Rocket, se rendant compte sur le tard qu'il aurait dû le faire en premier : vérifier si elle ne présentait pas de blessures graves.

— Non. Du moins, je ne le pense pas.

Rocket commença immédiatement à passer ses mains sur le corps de Jayme, cherchant des blessures par balle. Comme elle ne refusa pas son contact et qu'il ne découvrit pas plus de sang, il poussa un soupir de soulagement.

— Tu vas bien ? s'enquit-il.

— Moi ? demanda-t-elle, confuse.

Elle prit une de ses mains et la tint doucement.

— Tes pauvres mains, dit-elle doucement.

Rocket se fichait de l'état de ses mains. En ce qui le concernait, il arborait ses éraflures et ses ecchymoses avec fierté. En outre, ses mains étaient toujours abîmées et meurtries à cause de son travail. Sans parler des taches de cambouis dont il les recouvrait constamment au garage.

— Personne ne bouge ! ordonna une voix rude près de la porte.

Tournant la tête, Rocket vit un policier debout juste à l'intérieur de la porte, braquant son arme en avant.

Inspirant profondément, il fit de son mieux pour reprendre le contrôle de son corps et de son esprit. Jayme allait bien. Et lui aussi. Les policiers mettraient un certain temps à comprendre ce qui s'était passé ce soir-là, mais il ne doutait pas que les vidéos le disculperaient d'avoir failli tuer l'homme qui était encore étendu à terre sans connaissance à côté de lui.

Jayme était en sécurité. Rien d'autre ne comptait.

ÉPILOGUE

Le jour de Noël

Le 25 décembre, Jayme se réveilla en poussant un soupir de contentement. Rocket la serrait toujours fort dans ses bras, comme lorsqu'elle s'était endormie. Ils n'avaient quasiment pas voulu se séparer au cours des journées qui venaient de s'écouler, mais cela ne la dérangeait pas. Mamichou aussi avait été durement marquée par les événements.

Jayme savait qu'elle n'oublierait jamais l'expression sur le visage de Rocket quand il s'était dirigé vers le jeune homme armé le plus proche d'elle. Son unique but avait été de parvenir jusqu'à cet homme pour l'empêcher de lui faire du mal. Bien entendu, il n'aurait jamais pu empêcher une balle de la toucher et heureusement, elle s'était perdue et avait frappé le frigidaire derrière elle au lieu de déchirer sa chair.

Voir Rocket battre cet homme jusqu'à ce qu'il perde connaissance aurait dû la dégoûter. La violence aurait dû lui faire peur, mais ce qui l'avait effrayée était plutôt la difficulté qu'elle avait eu à l'arrêter.

Le braquage avait déclenché chez eux une sorte de syndrome de stress post-traumatique, et elle savait qu'ils mettraient un moment avant de pouvoir se sentir assez en sécurité pour aller faire leurs courses quelque part. Et Jayme avait la sensation que cela prendrait un bon moment avant que Rocket ne la laisse retourner dans des stations-service ou des supérettes. Cela n'avait cependant pas la moindre importance. L'idée ne l'enthousiasmait pas vraiment de toute façon.

Ils avaient passé le réveillon de Noël avec Mamichou et retourneraient la voir dans la journée. Sa grand-mère avait besoin du réconfort de sa présence et, pour être honnête, Jayme avait également besoin de la présence de sa Mamichou.

— Bonjour, dit doucement Rocket. Joyeux Noël !

— Joyeux Noël, lui répondit-elle à voix basse.

Elle ne quitta pas ses bras, mais inclina la tête vers le haut pour le regarder dans les yeux. Elle vit son regard parcourir son visage puis ses épaules, comme s'il l'inspectait afin de s'assurer qu'elle allait bien.

— Comment te sens-tu ce matin ? demanda-t-il.

— Je vais bien. Et toi, comment vas-tu ? Tes mains ?

Elle avait été consternée de voir ses mains éraflées et meurtries, mais il avait simplement haussé les épaules et lui avait dit qu'elles guériraient rapidement.

— Elles vont bien, lui dit-il en replaçant une mèche de cheveux derrière son oreille.

Jayme avait toujours aimé ses mains. Il avait admis qu'elles le complexaient beaucoup, parce qu'elles étaient généralement maculées de cambouis. Elle trouvait pourtant la sensation de ces callosités qu'il détestait incroyable contre sa peau nue. Le fait qu'il soit capable d'empoigner ses fesses et de la soulever pendant qu'il la prenait contre un mur ou bien sur le comptoir – ou n'importe où ailleurs – la faisait frissonner de joie.

À présent, elle savait qu'avec ces mains, il ferait également tout ce qui était en son pouvoir pour la protéger.

Lui en prenant une tendrement, elle embrassa sa paume avant de la plaquer contre sa joue et d'y appuyer le poids de sa tête.

— Je t'aime, dit Rocket.

— Je t'aime aussi. Que va-t-on faire aujourd'hui ? demanda-t-elle.

— J'ai dit à Winnie qu'on passerait déjeuner, dit Rocket.

Jayme hocha la tête.

— Elle soutient qu'elle n'aime pas les cadeaux, mais elle ment.

— Ça m'évoque quelqu'un d'autre dans mon entourage, dit Rocket avec un sourire.

Jayme ne put que lui rendre son sourire. C'était vrai. Elle aimait les cadeaux, quels qu'ils soient. Rocket aurait pu emballer une fourchette dans du papier cadeau, elle aurait été ravie. Mais à en juger par la pile de cadeaux sous le sapin du rez-de-chaussée, il n'avait pas regardé à la dépense.

Il s'éloigna d'elle pour prendre quelque chose dans le tiroir de sa table de chevet, puis il se retourna vers elle.

Il tenait un petit écrin en velours noir.

Surprise, Jayme leva le regard de l'écrin pour le regarder dans les yeux.

— Qu'est-ce que c'est ?

— Cela fait des mois que je l'ai acheté. J'essayais de trouver le moment idéal pour te le donner. Je voulais te donner une histoire que tu pourrais raconter à nos enfants et petits-enfants pour les impressionner et leur faire penser que leur père et leur grand-père était super. Mais après ce qui est arrivé, je n'ai pas envie d'attendre une seconde de plus. Alors je n'ai pas de gestes extravagants, de ballons, de flash mob qui te chante une chanson larmoyante. Je ne suis qu'un homme qui est fou d'amour pour toi et qui ne veut pas attendre un instant de plus de te posséder de toutes les façons possibles.

Le cœur de Jayme faillit s'arrêter dans sa poitrine quand il ouvrit le petit écrin et poursuivit :

— Je t'ai attendue toute ma vie, Jayme Caldwell. Je t'aime plus que je ne saurais le dire. Veux-tu bien m'épouser ? Avoir des enfants avec moi ? Je sais que tu es très occupée, avec ta boulangerie qui ouvrira dans une semaine, mais rien dans la vie n'est jamais garanti. Je pense qu'on l'a tous les deux appris après ce qui s'est passé.

Les yeux de Jayme se remplirent de larmes.

— Je n'ai pas besoin de grands gestes. J'ai juste besoin de toi. Oui, bien sûr, je vais t'épouser !

Elle était déjà couchée à côté de lui, mais elle fit de son mieux pour se jeter dans ses bras, riant de joie quand il grogna et l'attrapa. Il roula pour la positionner sous son corps, et Jayme sentit son érection contre sa cuisse. Il tritura maladroitement l'écrin, mais finit par en retirer l'anneau. Elle leva la main et il lui passa au doigt la plus belle bague qu'elle ait jamais vue.

Tournant sa main dans un geste vieux comme le temps, Jayme regarda l'alliance que Rocket lui avait achetée. Elle était chic, mais pas traditionnelle.

— Elle te plaît ? demanda Rocket.

Percevant sa nervosité, Jayme hocha la tête avec enthousiasme.

— Si elle me plaît ? Ce n'est pas assez pour exprimer ce que je ressens à propos de cette bague. Je l'adore. C'est la plus belle chose que j'aie jamais vue ! s'extasia-t-elle.

— Je voulais t'offrir quelque chose que tu n'aies pas à retirer pendant que tu cuisines ou que tu étales de la pâte. Je sais qu'elle est un peu différente des bagues de fiançailles habituelles et si tu veux, tu peux l'échanger contre quelque chose qui te plaît davantage.

— Je n'aimerais rien de mieux que cette bague, Rocket. Elle est parfaite.

Et c'était vrai. L'alliance de platine était épaisse et plate. Au moins une demi-douzaine de diamants étaient incrustés dans le métal, sertis pour qu'ils ne dépassent pas de l'anneau. Même si elle tournait sur son doigt pendant qu'elle cuisinerait ou pâtisserait, elle ne la gênerait pas. La farine ne viendrait pas se coller aux diamants et elle n'aurait pas à s'inquiéter qu'une pierre s'accroche à quoi que ce soit dans la cuisine. Il était évident que Rocket avait longuement réfléchi au genre de bague qui serait le mieux adapté à sa profession. Cela ne faisait que confirmer qu'il la connaissait très bien.

D'un coup, des larmes lui montèrent aux yeux et Jayme se mit à pleurer.

— J'espère que ce sont des larmes de joie, dit Rocket avec une certaine nervosité.

Jayme ne put que hocher la tête. Elle sentit Rocket s'abaisser doucement sur elle et elle enfonça le nez contre le côté de son cou. Enfin, elle se reprit et leva le regard vers les beaux yeux bruns de l'homme qu'elle aimait plus qu'elle n'avait jamais aimé personne.

— Juste pour que tu le saches, ta demande était parfaite.

Il sourit et haussa les épaules.

— Il faudra qu'on trouve une meilleure histoire à raconter à nos enfants. Je ne suis pas certain qu'ils soient impressionnés par « nous étions nus au lit quand ton père m'a fait sa demande ».

Jayme ricana. Elle aimait que Rocket ne cesse de parler de leurs enfants. Elle en avait toujours désiré, mais elle avait commencé à penser que ce n'était pas dans les cartes. À présent, elle avait vraiment hâte de porter les enfants de Rocket.

— Ils seront peut-être plus impressionnés lorsqu'on leur dira qu'on a récupéré notre licence de mariage le lendemain de la demande... et que notre cérémonie a eu lieu à la seconde où le délai d'attente de soixante-douze heures est arrivé à échéance.

Songeant toujours à avoir des enfants avec Rocket, Jayme mit une seconde à percuter.

— Quoi ?

— Le palais de justice est fermé aujourd'hui, mais je me suis dit qu'on pouvait demander notre licence demain. Malheureusement, le Texas a une période d'attente de trois jours. Que dis-tu du 29 comme date d'anniversaire ?

Jayme était choquée. Elle cligna des paupières, surprise.

— Sérieusement ?

— Oui, dit Rocket sans cesser de la regarder. Le pire jour de ma vie a été lorsque je suis entré dans ce magasin et que j'ai vu ce qui se passait. J'ai su que je n'aurais jamais pu t'atteindre à temps si cet homme avait décidé de te tirer dessus. Quand j'ai entendu le coup partir, la seule chose que je me suis dite était que j'étais un vrai con de ne pas t'avoir faite mienne plus tôt. Que cette balle ne t'ait pas atteinte tient du miracle, et je ne veux pas attendre de démarrer notre vie ensemble une seconde de plus.

— Nous vivons déjà ensemble, protesta Jayme sans savoir pourquoi.

— J'ai envie que tu portes mon nom... si tu veux bien le prendre. J'ai envie de te protéger, légalement et financièrement. Je veux que tu saches que tu n'auras plus jamais à te soucier de quoi que ce soit. Je m'occuperai de toi et des enfants qu'on aura peut-être. Je ne te ferai jamais de mal. Je ne te tromperai pas. Tu es la seule pour moi, Jayme, et je ne veux pas attendre une seconde de plus que nécessaire pour entamer notre vie de couple.

Comment aurait-elle pu s'en plaindre ?

— Mamichou veut m'accompagner à l'autel, le prévint-elle.

— Bien sûr. Je n'exclurais jamais ta grand-mère de notre cérémonie. C'est elle qui nous a fait nous rencontrer. Si tu le souhaites, on pourra organiser une grande cérémonie plus tard. C'est simplement que... j'ai besoin de te faire mienne légalement.

Jayme savait que ce qui s'était passé avait profondément marqué Rocket, mais elle commençait à peine à réaliser à quel point.

— Je n'ai pas besoin d'avoir un grand mariage coûteux. J'ai juste besoin de toi.

— On pourrait inviter tes parents à passer, commença-t-il, mais Jayme secoua la tête et posa un doigt sur ses lèvres.

— Ils comprendront. Ma mère va probablement se pâmer de joie en apprenant que tu avais tellement hâte de m'épouser que tu n'as pas pu attendre. Il faudra peut-être qu'on organise une réception ou quelque chose du genre pour qu'ils puissent célébrer officiellement la chose avec nous, mais je ne pense pas que cela les dérange vraiment d'avoir raté la cérémonie. Je pense qu'ils seront heureux que je ne sois plus une vieille fille.

— Tu ne seras jamais une vieille fille, dit Rocket sans la moindre hésitation. Alors tu es d'accord pour te passer la corde au cou cette semaine ?

— Oui. Je t'aime, Rocket. Et si tu t'es inquiété pour *moi* dans ce magasin, j'étais terrifiée pour *toi*. Que tu interrompes leur hold-up aurait pu les motiver à *te* tirer dessus. Je pense qu'ils auraient dérobé l'argent de tout le monde, puis seraient partis sans nous faire le moindre mal. Mais tu les as surpris, ces femmes ont attaqué l'un d'eux, et tout ce à quoi je pensais est qu'ils auraient pu te tuer. Quand tu as commencé à courir vers moi, je jure que j'ai vu ma vie défiler devant mes yeux. Je t'épouserais demain si c'était possible. Et bien entendu que j'ai envie de prendre ton nom. Je ne vois rien de mieux que d'être Jayme Long.

— Tu es le meilleur cadeau de Noël que j'aie jamais reçu, dit Rocket avec révérence.

— Pareil pour moi, lui dit Jayme.

— Je sais que tu as hâte de descendre pour ouvrir tous ces cadeaux que tu as regardés et que je ne t'ai pas encore autorisée à toucher, presser ou secouer... Mais accepterais-tu d'attendre une heure de plus ? demanda Rocket alors que ses doigts commençaient à jouer avec l'un de ses mamelons.

Il n'en fallut pas plus pour que Jayme se sente mouiller.

— Je ne sais pas..., le taquina-t-elle. À quoi pensais-tu ?

— J'ai juste besoin d'une collation matinale, dit Rocket en glissant lentement le long de son corps, descendant les couvertures au passage.

Avec un sourire de contentement, Jayme écarta les jambes, lui faisant de la place. Son homme faisait des choses incroyables avec sa bouche.

— Je crois que je peux attendre, dit-elle avec un soupir dramatique alors qu'il écartait sa vulve et soufflait doucement sur son clitoris.

— C'est gentil de ta part, dit Rocket avant de baisser la tête.

Plus d'une heure s'écoula avant qu'ils ne quittent le lit, s'habillent, puis se rendent au rez-de-chaussée afin de célébrer leur premier Noël ensemble. Et ils arrivèrent en retard chez Mamichou parce qu'après avoir ouvert tous ses cadeaux et vu toute la générosité de son fiancé, Jayme avait dû lui prouver sa gratitude et lui montrer à quel point elle l'aimait, juste là, sous les lumières de leur arbre de Noël.

Quatorze mois plus tard

. . .

Rocket tenait la main de Jayme alors qu'elle grognait et se remettait à pousser.

— C'est ça. Il est presque là ! dit la médecin d'un ton encourageant.

Rocket aurait voulu secouer la jeune femme. Il avait l'impression qu'elle répétait cela depuis des heures.

Quand Jayme lui avait annoncé qu'elle était enceinte, il avait été ravi, mais à présent qu'il avait vu à quel point il était difficile de donner naissance et la douleur qu'avait tolérée Jayme pendant des heures, il avait juré de ne plus jamais lui refaire subir une telle chose. Avoir un seul enfant suffirait !

— Je vois sa tête ! dit la médecin avec enthousiasme. Le papa, venez ici et tenez-vous prêt.

À contrecœur, Rocket retira sa main de celle de Jayme et alla rapidement se placer près de la médecin. À côté des heures que son fils avait prises avant de venir au monde, les minutes qui s'ensuivirent défilèrent rapidement. Ce qui ressemblait à un extraterrestre gluant s'échappa du corps de sa femme, et il coupa le cordon là où la médecin le lui montra. Puis leur fils fut emmené vers une table pour être pesé et stimulé avant d'être nettoyé et rendu à sa mère.

Rocket revint auprès de Jayme et lui essuya le front alors que la médecin finissait ce qu'elle avait à faire entre ses jambes.

— Comment va-t-il ? demanda anxieusement Jayme. Il va bien ?

Avant que Rocket ne puisse la rassurer, ils entendirent un long cri rageur qui monta de la table sur laquelle leur fils avait été placé.

Jayme lui sourit faiblement.

— Il va bien, lui dit Rocket, énonçant l'évidence. Et il est magnifique. Je t'aime tellement !

Une infirmière amena leur fils à Jayme. Elle le plaça sur sa poitrine de sorte qu'ils se retrouvent peau à peau, et Jayme baissa la tête vers lui, ses yeux se remplissant immédiatement de larmes.

— Il est parfait !

Rocket fut incapable de réagir. Il *était* parfait. Leur fils était absolument parfait. Peu lui aurait importé son physique ou bien s'il avait eu une maladie quelconque. Il était à eux, alors il était parfait. Rocket n'avait jamais été aussi heureux.

La vie au cours de l'année qui venait de s'écouler n'avait pas été sans heurts. Les Délices chauds avait mis du temps à décoller. Les premiers six mois avaient été difficiles, mais lentement, la nouvelle qu'une boulangerie toute neuve avait ouvert s'était propagée et Jayme commençait enfin à tirer profit de sa sueur et de ses larmes.

Son employeur avait offert à Rocket la possibilité de partir à l'étranger pour six mois. Son salaire aurait doublé, mais ils venaient d'apprendre que Jayme était enceinte, et il n'avait pas voulu en rater la moindre seconde. Il avait donc refusé... sans en discuter avec sa femme.

Jayme était restée en rogne contre lui pendant au moins une semaine, avant qu'il ne parvienne enfin à la prendre entre quatre yeux pour en discuter. Elle était contrariée qu'il ait pris une décision si importante sans même lui en parler, et Rocket avait eu du mal à comprendre la raison de sa colère puisqu'elle était d'accord avec lui. Mais ils s'étaient efforcés d'en parler et leur relation en était sortie renforcée.

— Bienvenue dans la famille, Connor Rocket Long, murmura Jayme.

La gorge de Rocket se serra et ses yeux se remplirent de larmes. Ces derniers mois, ils avaient aussi eu des conversations mouvementées sur le prénom qu'ils voulaient donner à leur fils. Jayme avait voulu l'appeler Rocket Junior, mais Rocket avait catégoriquement refusé de faire subir à son fils ce qu'il avait traversé durant son enfance : on l'avait taquiné sans pitié. Il voulait que leur fils ait un nom normal qui n'attirerait pas les moqueries. Certes, tout pouvait être source de taquineries, mais au moins, ce ne serait pas à cause de quelque chose que Rocket était capable de prévenir.

Jayme avait donc cédé sur le prénom, mais elle

avait insisté pour lui donner une partie de son père, l'homme qu'elle aimait plus que tout au monde.

Leur fils bâilla, ouvrant grand la bouche et poussant un petit cri avant de fermer les paupières et de pousser un soupir.

— Merci, murmura Rocket.

— C'est plutôt à moi de le dire, murmura Jayme en retour pour éviter de réveiller leur enfant qui dormait.

— Non. Merci de m'avoir donné ma chance. Merci de m'aimer. Merci de croire que je vais te traiter correctement. Merci de vouloir avoir des enfants avec moi. Juste... merci de partager ta vie avec moi.

Jayme pleurait à présent.

— Je t'en prie, lui dit-elle avec un sourire larmoyant.

Si deux ans auparavant quelqu'un lui avait dit qu'il serait là où il était aujourd'hui, marié, avec un fils magnifique, il aurait levé les yeux au ciel et aurait affirmé que c'était de la folie. Il avait passé quarante ans à chercher « la bonne personne » et n'avait aucune raison de croire qu'il la trouverait un jour. Elle était pourtant là !

Ils s'étaient trouvés.

— Allons, Papa, il faut qu'on monte votre femme dans une chambre et qu'on donne au petit Connor un peu d'attention, dit l'une des infirmières.

Rocket redressa l'échine puis saisit la main de sa

femme quand elles lui retirèrent délicatement Connor.

— Elles vont te le rendre, dit Jayme avec un petit rire.

Quand elle accrocha son regard, elle dit :

— Tu le regardais comme si tu n'allais plus jamais le revoir.

— C'est simplement que... il est un miracle, et je ne parviens pas à *arrêter* de le regarder.

— Tu auras tout le temps de le faire au cours des dix-huit prochaines années, dit-elle avec sarcasme avant de bâiller, un peu comme leur fils l'avait fait.

Rocket se secoua mentalement. Jayme venait de connaître la chose la plus merveilleuse de sa vie. Elle avait besoin de sommeil et de nourriture, et aussi qu'il se sorte la tête du cul et prenne soin d'elle. Dès que les infirmières l'auraient installée, il l'aiderait à enfiler la robe de nuit qu'ils avaient rapportée de la maison. Elle voudrait aussi la couverture en peluche qu'ils avaient prise. Puis il y avait Winnie. Elle allait vouloir voir sa petite-fille et son arrière-petit-fils.

— Pourquoi souris-tu comme ça ? demanda Jayme.

— Je pensais simplement à ce que Winnie dira quand elle verra Connor pour la première fois.

Le mari et la femme échangèrent un sourire. Winnie était encore énergique à 92 ans et parfois, ils se disaient qu'elle était encore plus excitée qu'eux à propos de cet enfant.

— Rocket ? demanda Jayme.

— Oui ?

— Je t'aime.

— Je t'aime aussi, ma chérie, dit Rocket.

La vie était belle. Il avait beaucoup de chance… et il le savait.

Cinq ans plus tard

— Connor ! Arrête de taquiner ta sœur ! cria Jayme depuis la cuisine.

Elle finissait de préparer à dîner et Rocket devina au son de sa voix qu'elle était au bout du rouleau.

Leurs enfants étaient géniaux, mais ils étaient aussi également plutôt turbulents. Ils avaient eu Kayleigh quasiment un an jour pour jour après avoir eu Connor. Ils n'avaient pas prévu d'avoir un deuxième enfant si peu de temps après le premier, mais ils n'avaient pas pris les précautions nécessaires une fois que Jayme avait reçu le feu vert pour reprendre une activité sexuelle.

Ils en avaient parlé et Rocket avait accepté avec plaisir de se faire faire une vasectomie pendant que Jayme était enceinte de Kayleigh. La dernière chose qu'il aurait voulue était de placer plus de stress et de tensions sur sa femme. Et puisqu'ils avaient tous les deux convenu du fait que deux enfants seraient parfaits pour leur famille, ils ne s'étaient pas posé de question.

À présent, ils pouvaient faire l'amour sans se soucier des conséquences inattendues. Il pouvait prendre sa femme sans réserve... Mais bien sûr, c'était plus facile à dire qu'à faire. Avec deux enfants dans la maison et même si leur vie était survoltée, ils paraissaient toujours trouver le temps de se retrouver, sur les plans physiques et émotionnels.

Connor était un garçon turbulent de 5 ans qui tenait vraiment de son père. Il était déjà grand et les médecins disaient qu'il deviendrait aussi un adulte imposant. Cela n'était pas vraiment une surprise puisque Rocket faisait lui-même un mètre quatre-vingt-dix. Connor n'avait pas encore pris la mesure de toute sa force, et ils y travaillaient. Une chose que Rocket avait faite depuis qu'il avait ramené son fils à la maison était de lui faire comprendre l'importance de s'occuper de ceux qui étaient plus petits ou plus faibles que lui. Hors de question que son fils devienne une brute. Hors de question !

Puis il y avait Kayleigh. Elle était petite, comme sa mère, ce qui faisait sourire Rocket chaque fois qu'il la regardait. Elle avait de magnifiques cheveux épais qui, le plus souvent, étaient enchevêtrés sur sa tête. Ses yeux bleus faisaient leur petit effet sur sa mère avec la même facilité. Jayme l'accusait de la gâter, mais Rocket s'en fichait. C'était son travail en tant que père.

Kayleigh n'était pas timide pour autant. Elle était tout aussi énergique et téméraire que son frère aîné. Étonnamment, c'est Connor qui aimait passer des heures dans la cuisine avec sa mère alors qu'elle lui montrait comment hacher, touiller et pâtisser, tandis que Kayleigh préférerait passer son temps au garage avec son papa. Elle y apprenait le nom des outils qu'il utilisait et en sortait les mains couvertes de cambouis.

— Les enfants ! cria Rocket. Venez ici !

Son fils et sa fille coururent vers lui, lui sautèrent dessus et se disputèrent le genou sur lequel ils voulaient s'asseoir.

— Calmez-vous et je vous raconterai une histoire, leur dit Rocket.

— Parle-nous de votre mariage ! insista Connor.

— Tu en es sûr ? soupira Rocket. Je vous l'ai raconté un million de fois.

— Taisez-vous et racontez-leur, répliqua Winnie depuis son fauteuil.

Un an et demi auparavant, ils avaient accueilli la grand-mère de Jayme. Elle n'avait pas voulu quitter sa jolie petite maison, mais le temps était venu. Elle avait du mal à prendre soin d'elle-même et avait besoin d'aide. Ni Rocket ni Jayme n'avaient eu le cœur de la placer dans un centre de soins ou dans une maison de retraite. Aussi Mamichou passait-elle les dernières années de sa vie dans leur maison, baignant dans le chaos qu'était une maison avec deux enfants en bas âge et deux adultes qui travaillaient.

— Bon, alors, votre mère et moi nous sommes fiancés le jour de Noël. Je lui ai offert la belle bague qu'elle porte encore aujourd'hui et nous sommes immédiatement allés chercher les documents nécessaires afin de pouvoir sceller notre union le plus tôt possible.

Connor et Kayleigh étaient captivés, ce qui amusait Rocket, vu qu'ils avaient entendu cette histoire un bon nombre de fois.

— Quand le grand jour est venu, nous nous sommes rendus au palais de justice avec votre Mamichou. Elle voulait accompagner votre mère jusqu'à l'autel, car c'est elle qui m'avait présenté à elle. Cependant, à notre arrivée, c'était la pagaille. Apparemment, beaucoup d'autres couples avaient eu la même idée que nous et l'heure tournait. Le palais de justice allait fermer et on a craint de ne pas être en mesure de nous marier ce jour-là, ce qui aurait été une véritable déception, parce qu'on avait vraiment hâte.

» Juste quand on a cru que tout était perdu, on nous a appelés. Alors nous nous sommes levés, tous les trois, pour nous rendre dans la salle. Au lieu d'une pièce joliment décorée, comme nous l'avions imaginé, on nous a menés vers une cabine. Il n'y avait pas d'allée, mais votre Mamichou était déterminée. Elle a saisi la main de votre mère et l'a éloignée de moi. Elle m'a poussé à environ un mètre devant elles et m'a ordonné de me retourner.

» J'ai essayé de retenir mon hilarité, mais c'était impossible. Alors j'ai fait un pas pour m'éloigner de votre mère, Mamichou a levé le menton et Jayme a fait un pas vers moi. Puis Mamichou a mis la main de votre mère dans la mienne et a dit : « Voilà. C'est fait. »

» Votre mère et moi avons vraiment essayé de ne pas rire, mais quand le greffier a commencé à parler, on n'a plus pu se retenir. Il a dit : « Nous sommes tous réunis ici aujourd'hui », alors qu'il n'y avait personne. C'était juste nous, votre Mamichou et deux personnes qui faisaient office de témoins et regardaient dans la cabine depuis le couloir. Et une fois qu'on a commencé à rire, ça a été irrépressible. Cela dit, le greffier ne s'est pas arrêté et il a continué à parler malgré nos gloussements. Le temps qu'il arrive à la partie où nous étions censés prononcer nos serments, seul un « oui » est sorti. On n'a pas pu dire les jolis textes qu'on avait préparés !

Connor et Kayleigh étaient hilares et Rocket vit que Jayme, debout dans la cuisine, les regardait en affichant un grand sourire.

— Mais vous avez pu le refaire ! affirma Connor avec assurance.

— Effectivement. Officiellement, on s'est mariés ce jour-là, le 29 décembre, mais trois mois plus tard, on a fait une fête, ici même, dans notre jardin. On a pu prononcer les serments qu'on s'était écrits, et Mamichou a pu accompagner votre mère jusqu'à un autel plus approprié.

— C'était une grande fête ! Vous avez invité tous vos amis de la base navale et Maman a préparé tous les cookies ! s'interposa Kayleigh.

— C'est vrai. Mamie et Papi étaient là, avec Pops et Granny.

Rocket adorait que ses enfants demandent à entendre à répétition l'histoire du mariage de leurs parents. Il échangea un regard avec Jayme à travers la pièce. Leur mariage ne s'était pas déroulé comme prévu, mais l'histoire de cette journée ne manquait jamais de les faire sourire. Rocket prenait cela pour un cadeau.

— Le dîner est prêt, appela Jayme.

Connor et Kayleigh bondirent des genoux de Rocket et coururent jusqu'à la table. S'ils ne mangeaient pas ensemble tous les soirs, ils le faisaient aussi souvent qu'ils le pouvaient.

Rocket se redressa pour aider Winnie à se lever. Une fois qu'il l'eut installée à table, il se rendit dans la cuisine. Il prit un court instant pour embrasser sa femme.

— Merci pour le dîner.

Il ne la tenait jamais pour acquise. Elle faisait toujours de son mieux pour rentrer à la maison à une heure raisonnable, n'oubliant pas ce qu'il lui avait dit il y avait si longtemps : qu'il aimait pouvoir sentir le dîner cuire quand il rentrait à la maison.

— Je t'en prie, dit-elle.

Puis Rocket se pencha et lui caressa le côté du cou avec le bout du nez, ne se lassant jamais des petits gémissements de sa femme ou de la façon dont elle s'accrochait toujours à lui comme si elle ne pouvait pas s'en empêcher.

— Je te montrerai toute l'étendue de ma reconnaissance ce soir.

Son inspiration rapide le fit sourire.

— Maman ! J'ai faim ! s'exclama Kayleigh depuis la table.

— Ta progéniture a faim, déclara Jayme en fourrant dans les mains de son mari une assiette toute prête.

Rocket la prit en souriant. Mais avant de se rendre à la table pour nourrir ses petits monstres, il prit le temps de déposer un léger baiser sur le front de Jayme. Cela faisait plus de six ans qu'ils étaient mariés, et il l'aimait encore plus que lorsqu'il lui avait passé la bague au doigt.

Il ne savait pas ce que les six prochaines années leur réserveraient, mais il avait hâte de le découvrir.

Vingt ans plus tard

— Joyeux Noël, dit Rocket à Jayme en lui tendant une petite boîte.

C'était leur tradition, qui datait de leur premier Noël ensemble. Ils se réveillaient le matin du 25 et il lui offrait un cadeau.

— Tu me gâtes, lui dit-elle doucement.

— Absolument, confirma Rocket.

Il la regarda ouvrir le coffret allongé et pousser une exclamation de plaisir en voyant le couteau qu'il contenait.

— Tu m'as acheté ces couteaux que je voulais ! s'écria-t-elle.

— Non. Un seul. Ils coûtent super cher, la taquina Rocket.

Jayme secoua la tête et éclata de rire.

— N'importe quoi. Tu ne m'achèterais pas juste un couteau. Je te connais.

C'était vrai, et Rocket l'embrassa.

— Les autres sont en bas et attendent d'être déballés. Et je te fais savoir que tu es la seule femme à laquelle j'envisagerais d'offrir un set de couteaux tranchants dernier cri.

Jayme ricana.

— Tu sais, si je ne t'ai pas encore tué, je crois que tu es hors de danger.

Elle remit le couteau dans la boîte et se blottit contre lui.

— Tu te rappelles quand les enfants étaient petits et que tu devais régler l'alarme pour 3 heures du matin afin qu'on puisse avoir notre moment spécial sans être interrompus ?

Rocket hocha la tête.

— Oui. Nos enfants avaient le don de se réveiller à l'aube et de venir nous sauter dessus.

Ils restèrent tous deux silencieux pendant un instant, puis Jayme dit :

— Ça me manque.

— Cela dit, quand ils étaient ados, ils étaient heureux d'avoir un jour pour faire la grasse matinée. C'était nous qui devions aller *les* réveiller s'ils n'étaient toujours pas levés à 9 heures, songea Rocket.

— C'est vrai. Ils ont plutôt bien tourné, n'est-ce pas ? demanda Jayme.

Effectivement... Connor avait hérité de l'amour de sa mère pour la cuisine et avait fait l'école hôtelière. Il travaillait dans un restaurant cinq étoiles de Dallas et avait le projet d'ouvrir un jour son propre établissement. Rocket avait été un peu contrarié pour Jayme que Connor n'ait pas voulu reprendre la boulangerie, mais celle-ci lui avait assuré qu'elle était heureuse de le voir prendre son propre chemin. Elle avait finalement décidé de vendre Les Délices chauds et semblait heureuse de voir son héritage se perpétuer.

Kayleigh avait marché dans les traces de Rocket et avait décroché son diplôme en technologie automobile. Elle avait été embauchée par l'entreprise que Rocket avait quittée à sa retraite. Elle travaillait à Fort Bragg, en Caroline du Nord. Présentement, leurs deux enfants étaient à la maison pendant une semaine entière.

— Ils sont géniaux, dit Rocket d'une voix pleine de fierté.

Jayme regarda l'horloge.

— Il est 7 heures. Tu penses qu'on peut aller les réveiller, maintenant ?

Rocket fit semblant d'y réfléchir avant de secouer la tête.

— On a au moins deux heures de tranquillité. Je m'imagine de meilleures choses à faire que de torturer nos enfants.

— Ah oui ? demanda Jayme. J'aurais bien envie de dormir un petit peu plus, oui.

Leur vie sexuelle était restée robuste au fil des ans, mais ils ne ressentaient plus le besoin d'être intimes tous les soirs. Se blottir l'un contre l'autre et s'étreindre pendant qu'ils dormaient les contentaient pleinement. Cependant, ils ressentaient à l'occasion le besoin d'en faire plus. Comme maintenant.

Rocket saisit l'ourlet du débardeur que portait Jayme et glissa la main au-dessous.

— Dormir, hein ?

Elle se tortilla contre lui.

— D'accord, je ne suis peut-être pas *si* fatiguée que cela, le taquina-t-elle.

Rocket sourit et descendit le long de son corps, saisissant au passage la culotte qu'elle portait. Il avait beau avoir la soixantaine, il ne se lassait jamais de sa femme. Il aimait son goût, la façon dont elle s'arquait contre lui et la manière dont elle prononçait son nom quand elle jouissait. Rocket aimait tout chez Jayme.

Deux heures plus tard, après avoir réveillé leurs enfants et une fois que Jayme eut servi ses roulés à la cannelle super grands et super savoureux qu'elle savait que sa famille adorait, Rocket regarda tout son petit monde ouvrir leurs cadeaux de Noël.

— Tu as eu tout ce que tu voulais ? demanda Jayme une fois que les cadeaux furent déballés.

Il y avait du papier cadeau partout et la maison était en désordre.

Rocket se tourna vers sa femme et lui embrassa la tempe, la serrant plus fort contre son cœur.

— J'ai eu tout ce que je désirais il y a vingt-six ans quand tu as dit « oui », lui dit-il avec sincérité.

Rocket avait parfois des flashs du jour où il avait débarqué pendant un hold-up et avait vu une arme braquée sur sa femme, et il ne pouvait que remercier le ciel qu'ils s'en soient tous les deux sortis vivants. Il ne s'imaginait pas sans Connor ou Kayleigh dans sa vie. Il ne s'imaginait pas ne plus vivre cette existence qu'il menait depuis vingt-six ans.

— Je t'aime, dit Jayme.

— Je t'aime aussi, répliqua Rocket.

Leur vie avait eu des hauts et des bas, mais il n'y aurait rien changé. Pas une seule chose.

⁂

Envie d'en savoir plus sur Brain et Aspen ? Découvrez *Un refuge pour Aspen* dès aujourd'hui ! Mieux encore, revenez au début de la série *Delta Force Deux* avec *Un refuge pour Gillian* ! Vous y rencontrerez toute la troupe !

Ne ratez pas le prochain tome de la série Delta Force Deux: *Un refuge pour Riley* !

DU MÊME AUTEUR

Autres livres de Susan Stoker

Delta Force Deux

Un refuge pour Gillian

Un refuge pour Kinley

Un refuge pour Aspen

Un refuge pour Jayme

Un refuge pour Riley (15 Sept)

Un refuge pour Devyn

Un refuge pour Ember

Un refuge pour Sierra

Sauvetage à Eagle Point

Un sauveteur pour Lilly

Un sauveteur pour Elsie

Un sauveteur pour Bristol (15 Nov)

Un sauveteur pour Caryn

Un sauveteur pour Finley

Un sauveteur pour Heather

Un sauveteur pour Khloe

Le Refuge

Un soutien pour Alaska (9 Août)

Un soutien pour Henley (3 Jan 2023)

Un soutien pour Reese

Un soutien pour Cora

Un soutien pour Lara

Un soutien pour Maisy

Un soutien pour Ryleigh

Hawaï : Soldats d'élite

Un paradis pour Élodie

Un paradis pour Lexie

Un paradis pour Kenna

Un paradis pour Monica

Un paradis pour Carly (11 Oct)

Un paradis pour Ashlyn

Un paradis pour Jodelle

Mercenaires Rebelles

Un Défenseur pour Allye

Un Défenseur pour Chloé

Un Défenseur pour Morgan

Un Défenseur pour Harlow

Un Défenseur pour Everly

Un Défenseur pour Zara

Un Défenseur pour Raven

<u>Ace Sécurité</u>

Au Secours de Grace

Au Secours d'Alexis

Au Secours de Bailey

Au Secours de Felicity

Au Secours de Sarah

<u>Forces Très Spéciales Series</u>

Un Protecteur Pour Caroline

Un Protecteur Pour Alabama

Un Protecteur Pour Fiona

Un Mari Pour Caroline

Un Protecteur Pour Summer

Un Protecteur Pour Cheyenne

Un Protecteur Pour Jessyka

Un Protecteur Pour Julie

Un Protecteur Pour Melody

Un Protecteur pour l'avenir

Un Protecteur Pour Les Enfants de Alabama

Un Protecteur Pour Kiera

Un Protecteur Pour Dakota

Forces Très Spéciales : L'Héritage

Un Sanctuaire pour Caite

Un Sanctuaire pour Brenae

Un Sanctuaire pour Sidney

Un Sanctuaire pour Piper

Un Sanctuaire pour Zoey

Un Sanctuaire pour Avery

Un Sanctuaire pour Kalee

Un Sanctuaire pour Jane

Delta Force Heroes Series

Un héros pour Rayne

Un héros pour Emily

Un héros pour Harley

Un mari pour Emily

Un héros pour Kassie

Un héros pour Bryn

Un héros pour Casey

Un héros pour Wendy

Un héros pour Mary

Un héros pour Macie

Un héros pour Sadie

Un héros pour Annie

__Autre__

Un moment suspendu : Recueil de nouvelles

__AUDIO__

Un paradis pour Élodie

À PROPOS DE L'AUTEUR

Susan Stoker est une auteure de best-sellers aux classements du New York Times, de USA Today et du Wall Street Journal. Elle a notamment écrit les séries Badge of Honor: Texas Heroes, SEAL of Protection et Delta Force Heroes. Mariée à un sous-officier de l'armée américaine à la retraite, Susan a vécu dans tous les États-Unis, du Missouri jusqu'en Californie en passant par le Colorado, et elle habite actuellement sous le vaste ciel du Tennessee. Fervente adepte des fins heureuses, Susan aime écrire des romans où les sentiments laissent place au grand amour.

http://www.StokerAces.com

facebook.com/authorsusanstoker

twitter.com/Susan_Stoker

instagram.com/authorsusanstoker

goodreads.com/SusanStoker

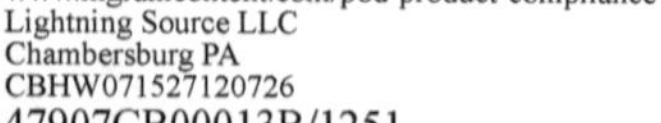

* 9 7 8 1 6 4 4 9 9 2 9 6 8 *